いぬじゅん

終着駅で待つ君へ

実業之日本社

実業之日本社文庫

目次

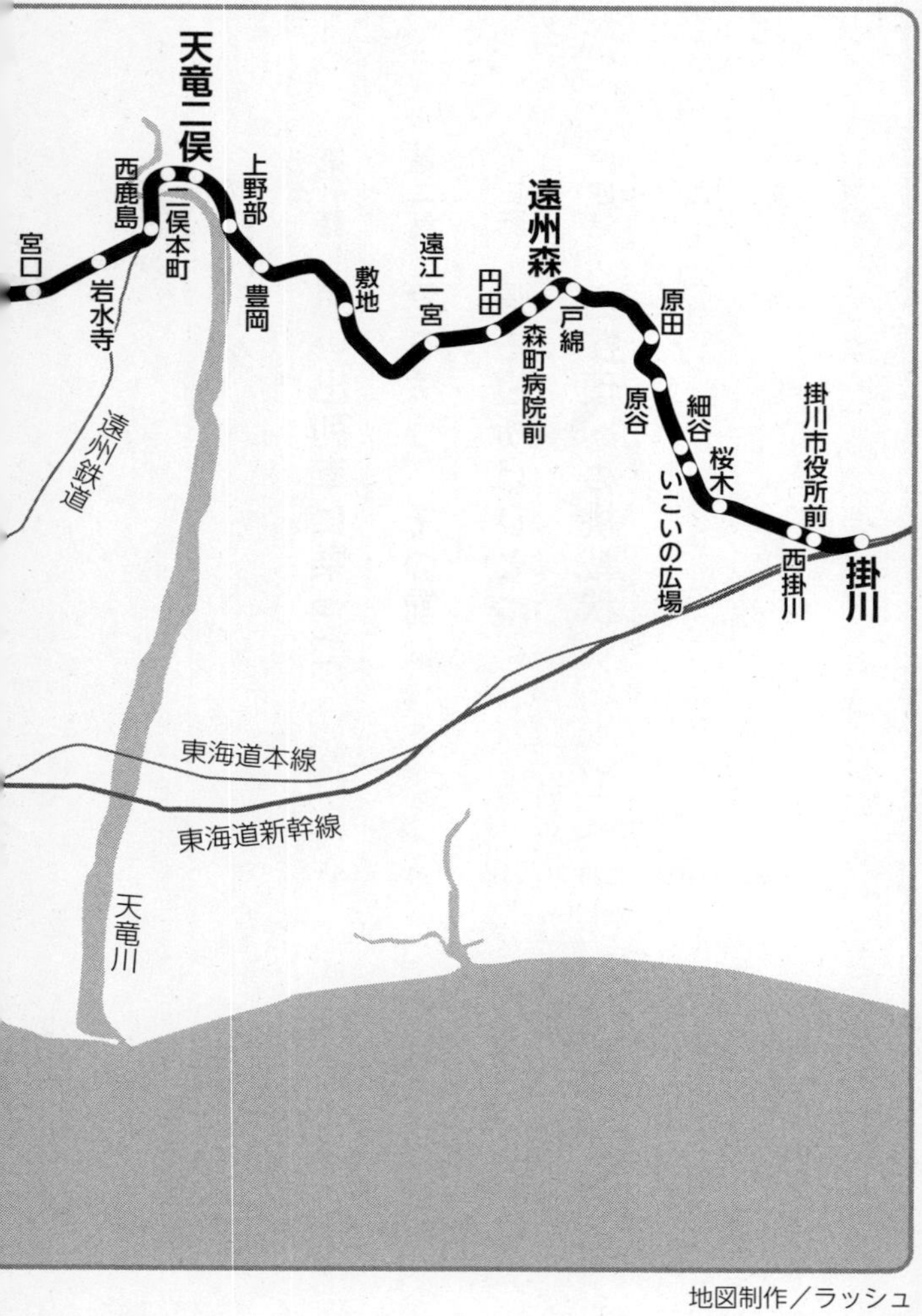
天竜二俣
西鹿島
宮口
二俣本町
岩水寺
上野部
豊岡
敷地
遠江一宮
円田
遠州森
戸綿
森町病院前
原田
原谷
細谷
いこいの広場
桜木
掛川市役所前
西掛川
掛川
遠州鉄道
東海道本線
東海道新幹線
天竜川

地図制作／ラッシュ

天竜浜名湖鉄道 路線図

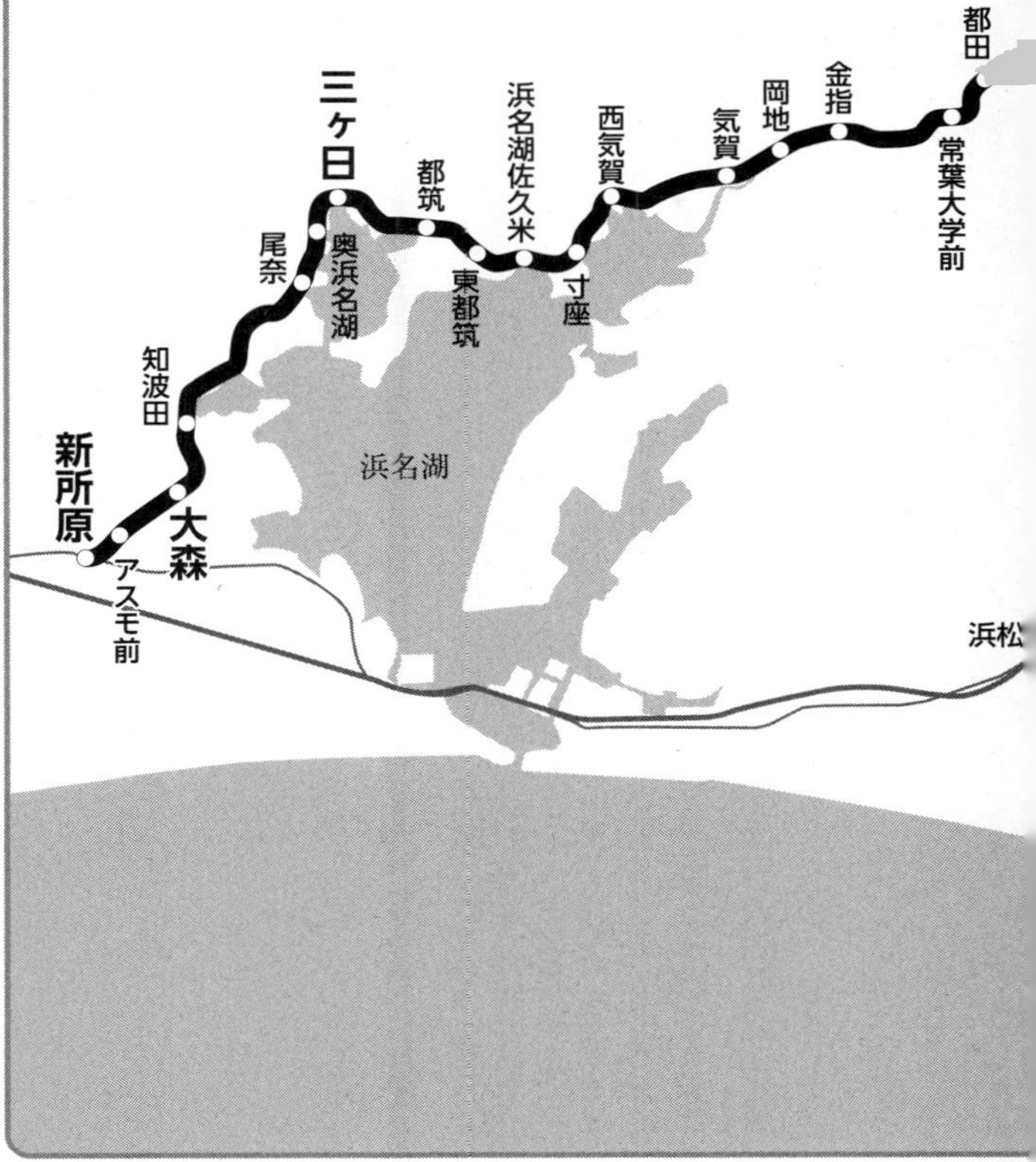

都田
常葉大学前
金指
岡地
気賀
西気賀
寸座
浜名湖佐久米
東都筑
都筑
三ヶ日
奥浜名湖
尾奈
知波田
大森
アスモ前
新所原
浜名湖
浜松

プロローグ

天竜浜名湖《てんりゅうはまなこ》鉄道の掛川《かけがわ》駅に、今日も列車が到着する。

スピードを落としゆるやかに停車した列車から、それぞれの目的地へ向かう人たちが改札を抜けていく。

まだシートに座っている乗客がひとり。

二十代くらいだろうか、背筋を伸ばした彼女が今、ゆっくりと目を開きあたりを見回してから立ちあがった。

ステップを降りてくる彼女に、僕は頭を下げる。

「『思い出列車』へのご乗車ありがとうございます。駅員の二塔《にとう》と申します」

乗客の反応はまちまちだ。

『終着駅の伝説』を信じて乗車していた人は、目を輝かせ、少し先で待つ大切な人を想《おも》い歓喜の涙をこぼしたり泣き崩れたり。

伝説を信じずに乗車した人は、いぶかしげな顔の奥に少しの希望をにじませる。

目の前の彼女は戸惑った表情で「あの」と小声で言った。

「友だちに勧められたんです。彼のことを想いながら掛川駅まで行けば、もう一度会えるかもしれない、って……」

半信半疑なのだろう、最後のほうは聞き取れないほど小さな声だった。

「相手の方もあなたに会いたいと思っておられますよ。改札口を抜けるまで大切な人のことを想えば、必ず会えます」

「え……本当に？　どうして二塔さんはそんなことがわかるのですか？」

伝説は、現実に起きないからこそその名がつけられている。

この世に生まれてきたときはなんでも信じたはずなのに、いつしか目に見えること以外は『なかったこと』にし、君たちは現実世界を生きている。

「ここが終着駅だからです。僕は長年ここで『終着駅の伝説』を信じる方の案内をさせていただいております」

長年、という言葉が引っかかったのだろう、女性は僕の頭の先からつま先までを不思議そうに観察してから、恥じるように目を伏せた。

「大切な人のことを頭に浮かべながら改札口を抜けてください。終着駅であなたを待っている人がいます」

「……本当に？」

歩き出した女性の足は徐々に速くなり、最後は駆け足になっていた。

大丈夫。君の大切な人は、両手を広げて待っているから。


人生の長い旅で、僕たちはたくさんの人と出会う。

挨拶すら交わさない人、ともに励まし合いながら歩いた人。同じ景色を見て笑っていた人と、分かれ道で手をふることも。

もう二度と会えない悲しみに打ちひしがれたなら、終着駅へお越しください。

『終着駅の伝説』は、信じた人にだけ訪れる奇跡なのだから。

第一話

思い出列車に乗って

篠田《しのだ》未来《みく》（十四歳）

三月下旬になっても、しつこい冬はまだこの街にしがみついている。

今日も朝から雨が降り続いているせいで、登校中は震えるほど寒かったし、下校時間になった今も椅子に座っているだけで足元から寒さがジワジワと這《は》いあがってくる。

温暖化とかよくニュースで言ってるけれど、季節はこの街でずっと足踏みしている。早く春になればいいのに。

「寒すぎ……」

自分の席で体を小さくしていると通学バッグを手に北里彩矢《きたざとあや》がやってきた。

「未来、帰らないの？」

「んー、もう少ししてから」

「てことは、未来のおばさん仕事休みなんだね。だから帰りたくないんでしょ」

隣の席に「よいしょ」と座る彩矢に苦い顔を作ってみせる。

「一緒にいる時間を少なくするのが、お互いのためだからね」

「あいかわらず仲が悪いんだねえ。一年以上、ずっとケンカしてんでしょ？」

「ケンカなんてしてないもん。会えば普通に話すし、ご飯のときもそれなりに。しゃべりすぎると雰囲気が悪くなっちゃうから気をつけてるだけ」

自分でも子供っぽいとは思う。中学二年生、しかも来月からは三年生になるというのに、反抗期みたいな態度を取ってしまう。ううん、まさに反抗期なのかも。

「未来のおばさん、昔から口うるさいからなあ」

彩矢とは小学生のときから一緒なので、昔はよく家にも遊びに来ていた。いかにうちのお母さんが厳しいかを知っているひとりだ。

「小学生のころは『もう小学生なのに』って言われて、中学生になったら『もう中学生なのに』。今じゃ『もうすぐ高校生なのに』が加わってさ。口を開けば文句ばっかりで、ほんと嫌になるんやて」

「あ、また方言出てる」

彩矢がニヤリと笑い、肩までの髪がサラリと揺れた。こんな雨の日でも彩矢の髪はキューティクルが光っていてキレイだ。

「しょうがないじゃん。おばあちゃん譲りなんだから」

下唇を尖《とが》らせながら、髪の結び目を意味もなく触ってみた。

「未来のおばあちゃんが施設に入ってから、おばさんとの仲がもっと悪くなったみたい」

「それはある」と、ため息をつく。

仕事で忙しい両親に代わって、私はおばあちゃんに育ててもらったようなものだから。

おばあちゃんはやさしくて、笑うたびに目じりがシワだらけになっていた。注意してくるときでさえ、穏やかで温度のある話し方だった。

でも、今はもう一緒に暮らしていない。

去年の春、おばあちゃんは列車で何駅も離れたところにある老人ホームに入所してしまった。何度も老人ホームの名前を耳にはしてきたけれど、なんだか怖くてあえて覚えないようにした。

緩衝材を失ったみたいに、そのころからお母さんとの関係は悪化している。

「おばあちゃんに相談しに行けばいいじゃん。どこだっけ、施設の場所」

「森町《もりまち》」

私の住む三ケ日町《みっかびちょう》は浜松市《はままつし》にあり、おばあちゃんの森町は周智郡《しゅうちぐん》というところにある。自転車では行けない距離だし、列車に乗ってもそうとう遠い。

「え、マジで？　なんでそんな遠い施設に入ったわけ？」

「知らないよ。親だけで話し合って決めたことだし」

私にはなんの相談もなかった。家を出ることを知らされたのは、入所の手続きが終わったあとだった。見せられたパンフレットに『有料老人ホーム』と書いてあったことは覚えている。

「へえ」と言いながら、彩矢は手鏡で前髪のチェックをはじめている。

「もうすぐ春休みなんだし会いに行けば？」

月曜日は終業式でそれが終われば短い春休み。たしかに会いに行く時間はあるんだけど……。

「たぶん行かない、かな。正直、ずっと会ってないし」

おばあちゃんと最後に会ったのは、施設に行く日の朝。食器がこすれる音、誰かのため息、新聞をめくる音。重苦しい雰囲気の朝食を覚えている。

「なんで？」

うしろからの声にふり向くと、須藤陽翔《すどうはると》がいつの間にか立っていた。

夏でもないのに肌が真っ黒に焼けているのは、ずっと陸上を続けているから。短い髪は昔と変わっていないけれど、身長だけはどんどん伸びていて、私との差は広がるばかり。

彼もまた、昔から知っているひとりだ。といっても、さすがに中学生になってからは一緒に遊ばなくなったけれど。

「なにがよ」

「なんでハルさんに会いに行かないわけ？」

似た名前のせいか、陽翔は昔からおばあちゃんを名前で呼んでいる。家に遊びに来ても、おばあちゃんとばかり話をしていた。

「陽翔には関係ないことでしょ。話に入ってこないでよ」

「陽翔はあたしを呼びに来たんだよ。もう練習が終わったってことだよね？」

手鏡をしまい、彩矢が立ちあがった。

「そういうこと。楠野《くすの》が呼んでる」

「雨でラッキー。ってことで帰るね」

バイバイと手をふり、彩矢は足早に教室を出て行った。

陸上部で隣のクラスの楠野くんとつき合っている彩矢。雨の日は練習が早く終わるので待っていたのだろう。

彩矢に恋人ができたことはうれしいけれど、取られたような気分が拭えない。実際、一緒に帰る日は減っている。

「いいなあ。デートか」

うらやましそうな顔で、陽翔は自分の席に荷物を取りに行く。

「デートっていっても、このへんで遊ぶとこなんてないよね」

浜名区にある三ヶ日町は、よくいえば落ち着いた街、悪くいうなら田舎だ。同じ浜松市でも浜松駅があるあたりとはまるで違う。

浜名区という名前のとおり、大きすぎる浜名湖が教室から見える。反対側は山に囲まれていて、最寄り駅である三ヶ日駅の周辺に遊べる場所なんてない。映画を観《み》たりゲーセンに行くのも、電車を乗り継がないといけないなんて不幸すぎる。

「グラニーズバーガーにでも行くんじゃね？」

陽翔は三ヶ日駅の駅舎内にあるハンバーガーショップの名前を口にした。

「あそこは制服で行くのは禁止。そもそもこの時間は営業してないし」

「へえ、行ったことないから知らなかった」

陽翔は、陸上のことしか頭にない。種目は四百メートルのハードルだそうだ。足回りの筋肉がすごいのは、離れた場所からでもわかるほど。

じっと見つめていたことに気づき、窓の外へ視線を逃がした。

ずっと昔からの知り合い。学校が一緒で家も近い。それだけの関係だったのに、二年生になったあたりからやけに意識してしまう。

「で、なんで会いに行かないの？」

「陽翔には関係ない」

冷たい言葉を返すようになったのもそのころから。

これは、恋なんかじゃない。勝手にひとりで盛りあがったり落ち込んだりしているだけ。仲のいい男子が少ないから意識してしまうのは仕方のないこと。

何百回と自分に言い聞かせているけれど、本当はわかっている。登校するたび、休み時間になるたび、放課後のグラウンドにさえ陽翔の姿を探していることを。

「ハルさん、病気なんだろ？」

陽翔がさっきまで彩矢が座っていた席に座った。

「……うん」

三年くらい前からおばあちゃんは忘れっぽくなった。最初は、芸能人の名前が出てこなかったり、母に頼まれた用事をしていなかったりと些細《ささい》なことだった。

キッチンで火をかけっぱなしにしたことが二度続き、病院で検査した結果、アルツハイマー型認知症と診断された。

そこからは坂道を転げ落ちるように、おばあちゃんはおばあちゃんじゃなくなっていった。まるで他人の家にお邪魔しているみたいに、『帰りたい』と心細げに何度もつぶやいていた。

夜中に起き、家を出ようとすることもたびたびあったし、トイレの場所がわからなくなることも。子どもみたいに泣いているうしろ姿を何度も見た。

「会いに行ったって意味ないよ。私の名前も忘れちゃってるし」

「忘れたとしても、心が覚えてるよ」

「そんなの、きれいごと。なんにも知らないくせにエラそうなことを言わないで」

おばあちゃんは毎朝、私の顔を見てはおびえていた。仲がよかったとは言えない母にすがりつき、私とは目も合わせなくなった。

病気がおばあちゃんから笑顔を奪ってしまったんだ。頭で納得しても、あのおびえた目が忘れらない。

きっと施設に会いにいっても、同じ反応をされるだけ。

もう、おばあちゃんと昔みたいに笑い合えない。だったら会いに行きたくなんかない。

「じゃあさ、元気だったころのハルさんに会いに行けば？」

いいことを思いついたように陽翔が目を見開いた。

「なにそれ。タイムスリップをするってこと？　それってアニメの話でしょ」

「違う。伝説だって」

「伝説？」

大きくうなずくと陽翔は顔を近づけてきた。

「覚えてねぇの？　『終着駅の伝説』のこと、ハルさんが教えてくれただろ」

「え……？」

陽翔と彩矢が遊びに来たときにおばあちゃんが話してくれたような気がするが、内容はまったく覚えていない。

たっぷり間を取ったあと、陽翔は人差し指を立てた。

「『思い出列車』に乗って、会えない人に会いたいと心から願えば、終着駅で会うことができるんだ」

……なんだ。空想の話か。一瞬でも期待した自分がバカみたい。

「伝説は、実際には起きないからそう呼ばれてるんだよ」

「信じた人にだけ、伝説は現実になる」

名言でも告げたかの言ったように陽翔は自慢げにあごをあげたあと、人差し指を立てた。

「ほかの伝説の話、聞いたことない？　寸座《すんざ》駅で雲ひとつない夕焼けの日に、亡くなった人に一度だけ再会できるっていうやつ。ほかにも最後の晩さんを提供するキッチンカーの話もあるけど」

私たちの住む地域にはいくつかの伝説が語り継がれているらしいが、そういう情報はすべてシャットアウトして生きてきた。

昔から幽霊が怖かった。目に見えないものを拒否しているうちに、いつしかクリスマスのサンタも七夕の織姫や彦星でさえ、同じ部類に入ってしまっている。

「ていうか、そういう系の話、苦手なこと知ってるよね？　それに、そもそもおばあちゃんは亡くなってないし」

ムッとした顔を見せてもなんのその、陽翔はニッと口角をあげた。

「『終着駅の伝説』の話は、生きている人に会えるってやつ。しかも、自分が会いたかったときの姿で」

「会いたかったときの姿、ってどういうこと？」

「さあ」と陽翔は首をひねる。

「ハルさんが言ってたことで覚えてるのは、会いたい人のことを考えて天浜線《てんはま》に乗って、掛川駅まで行くってことだけ」

天竜浜名湖鉄道の上りの終着駅は掛川駅だ。ここからは三十駅くらい越えないと着けないし、切符代だって往復で三千円くらいするからお小遣いでは厳しい。

「そんな曖昧な伝説を現実主義の私が試すと思うの？」

おばあちゃんは病気のせいで私を忘れ、私におびえ、私を嫌いになり家を出て行った。これが現実だ。

けれど陽翔は譲らない。

「試す価値はあるんじゃね？　一回やってみろよ」

なんて、澄ました顔で勧めてくる。

「やるわけないて」

「未来って、動揺すると方言が出るよな」

キヒヒと笑う陽翔をひとにらみして立ちあがる。

もう帰ろう。行動することで余計に傷つくのはもうごめんだ。

毎朝おばあちゃんに話しかけるたびに、暗い気持ちになっていたという事実は変わらない。

だから、私はおばあちゃんの存在を『なかったこと』にしたんだ。

「陽翔こそ、その伝説を試しておばあちゃんに会いに行ってあげたら？」

「そんなことしなくても俺は普通に会いに行ってるから」

肩をすくめる陽翔に、一瞬時間が止まった気がした。

「え？　おばあちゃんの施設に？」

「森町は遠いから、たまにだけどな。未来が直接会いに行けるなら、俺だってこんな話はしない」

陽翔がおばあちゃんに会いに行ってるなんて全然知らなかった。

「そ……そうなんだ」

驚きのあまりぎこちなくなってしまった。

「だからたまには会いに行ってやれよ。きっとハルさんよろこぶから」

「…おばあちゃん、元気でいるの？」

「それなりに、ってとこ。俺のことはもちろん覚えてないし、寝てることが多いな。先月は検査入院してたみたいで会えなかったけど、今月は会えた」

「へえ……。あ、帰らなきゃ」

モゴモゴつぶやきながら教室を出ると、廊下にまで雨音が侵食していた。

孫なのに、一度もおばあちゃんに会いに行ってない。入院してたことすら知らなかった。

陽翔は元気づけようとしてくれたのに、否定ばかりしてしまった。お礼のひとつも言えなかった。

いつだって後悔は背後から忍び寄って来る。

雨の音が私を責めるように耳元でさわいでいる。

高校教師をしているお母さんは、家に帰ってきても教師のままだ。

お父さんと三人で夕飯を食べているときですら変わらない。髪をひとつに縛り、椅子の背もたれを使わずに座り、メガネを中指で戻すのがクセ。怒っているような顔で、眉間には常にシワが寄っている。

「高校は決めたの？」「春休みの課題ってもう出たの？」「模試の結果どうだった？」

こんな質問ばっかりでうんざりする。どう答えたところで、『説教タイム』の入り口であることは変わらない。『未来のため』を強調してくるけれど、一度も自分のためになったなんて思ったことがない。

夕食の時間は、早食い競争をしているようなもの。二階にある自分の部屋に逃げ込みたい一心で、急いで食べ進めていく。

一方、お父さんは遅くに生まれた子だからか、私に甘い。お母さんがヒートアップすると「まあまあ」と間に入ってくれる。返り討ちに遭っていることのほうが多いけれど。

今夜のメニューは、焼き魚と大根のそぼろあんかけと豆腐の味噌汁《みそしる》。平日は真空パックされたおかずが届くので、ご飯を炊いて味噌汁を作るだけで夕食はできあがり。おばあちゃんが火を使うことを禁止された日から宅配食を利用していて、今も継続している。

おばあちゃんが元気だったころ、夕食の時間が楽しみでしょうがなかった。お母さんも今ほどうるさくなかったし、おばあちゃんにその日あったことを話しながら食べるご飯は美味《おい》しかった。

認知症の診断が下る少し前から夕食の場がぎこちなくなり、おばあちゃんがいなくなってからは冷えた空気が支配している。

陽翔が言っていた『終着駅の伝説』が頭に浮かんだ。意識して追い出したそばから、また浮かんでしまう。

元気なころのおばあちゃんに会えるなら……。

ありえない、と大きめの大根を口に放り込んだ。そんな伝説を信じる人なんて本当にいるのだろうか。

「バカみたい……」

小さな声でつぶやき、今度こそ頭から追い出した。

「未来」

お母さんの声に思わず体がビクンと跳ねてしまった。今の発言を聞かれたのかと焦ったけれど、お母さんは困った顔で湯呑《ゆのみ》を両手で持っている。

白髪染めをしないお母さんの髪はどんどん白くなっていて、気持ち程度のメイクが年齢以上の印象を与える。

「なに？」

最小限の言葉を返すと、お母さんは視線をお父さんへ向けた。そのときになって、お父さんの表情が硬いことに気づいた。

促されたお父さんが、「あのな」と言いかけて派手にせき込んだ。お茶を飲んで落ち着くと、今度はお母さんのほうをチラチラと見返しながら口を開く。

「おばあちゃんのことなんだけど、具合いがあまりよくないんだ」

「……え？」

「未来には黙っていたけど、肺炎になって一カ月間入院してたんだよ」

「肺炎？　検査入院じゃなかったの？」

陽翔はそう言ってたはず。お父さんがうなずき、自分の役目は終わったとばかりご飯を再開した。

「なんだ。陽翔くんが来てくれてること知ってたのね」

「今日聞いたばっかり」

お母さんにそう答えると、なぜか胸のあたりがモヤっとした。なんでこんな話をするのだろう……。退院したってことは元気になったってことじゃないの？

少しの間を取り、お母さんは箸置きに箸を載せた。

「『誤嚥性《ごえんせい》肺炎』っていう病気。食べたものが肺に入ってしまって高熱が出たの。陽翔くんが心配するといけないから、検査入院って説明しておいたのよ」

発言権をお父さんへ戻すように、目で合図をするお母さん。

普段は仲がいいとは言えないふたりでも、言いにくい話のときだけは協力態勢に入る。だったら普段からもっと仲良くすればいいのに。

「今月退院したんだけど、口から食べることができなくって、今は胃に穴を空けて直接栄養を入れている」

「『胃ろう』って言うのよ」

お母さんがまた口を挟んだ。なにか答えないといけないとわかっているけれど、軽くうなずくのが精いっぱいだった。

おばあちゃんはもう口から食べられないんだ……。

一緒にホットケーキを作って食べた記憶がふわりと頭に浮かんだ。

粉まみれになりながら甘いシロップをかけて食べたよね。お腹《なか》がいっぱいになってしまって、その日の夕食が食べられなくて、すぐにお母さんにバレたっけ……。

「おそらく長くは持たないそうだ」

あの日の映像がぷつんとテレビを切るように消えた。ゆっくり顔をあげるのに合わせてお父さんは視線を逸《そ》らした。

「え……？　持たないってどういうこと？」

「すぐに亡くなるわけじゃないが、どんどん衰弱するだろうって。だから、な？」

お父さんがお母さんにパスを出すと、「そう」とお母さんがうなずいた。

「今度の日曜日、みんなで会いに行くから空けておいて」

「……は？　なにそれ、勝手に決めないでよ」

おばあちゃんのことよりも、お母さんの言い方がムカつく。わざとらしいため息までつくお母さんを見ていると、お腹のなかがどんどん濁っていく。

「一回も会いに行ってないでしょ。先生がおっしゃるには、熱が下がらないし、胃から食べ物が逆流してまた肺炎になることも――」

「行かない」

「いい加減にしなさい！」

まただ。結局お母さんと話すと最後はこうやって怒鳴られる。

お父さんは間に入ることをせず、じっと私を見つめているだけ。なによ、これじゃあ私が悪者みたいじゃない。

お腹のなかで生まれた嫌な言葉が喉元をすごい勢いでのぼってくる。

「おばあちゃんを施設に入れたのはお母さんたちだよね？　まだ一年だよ？　こんなことになるってわかってたんじゃないの？」

「未来！」

お母さんがテーブルを叩《たた》き、ガシャンと食器が鳴いた。

「私は行かない。なんでもかんでも勝手に決めないでよ」

席を立ち、そのまま二階へ逃げた。お母さんの声が追いかけてきたけれど、部屋に入りカギを締めてベッドにもぐり込んだ。

今さら会ってどうするのよ。やせたおばあちゃんを見たって悲しくなるだけ。会ってしまったらそのことが現実になり、やさしかったおばあちゃんのことが全部かすんでしまう。

だったら、私は思い出のなかのおばあちゃんだけを覚えていたい。ギュッと目をつむれば、屋根を打つ雨の音だけが耳に届いた。

昔、おばあちゃんが歌ってくれた子守歌に似ている気がした。


「会いに行けばいいじゃん」

私の話を聞き終わると、彩矢はあっけらかんとそんなことを言った。

「行かないし」

雨を越えるごとに、夕暮れの時間が遅くなっている。久々の晴れ間が覗《のぞ》く今日は、放課後になってもまだ世界が明るい。

「なんでよ。会っとかないと後悔するよ」

「みんなそればっかり。会いたいけど会いたくないんやて」

方言丸出しで言いながら、また元気だったころのおばあちゃんとの記憶を辿《たど》る。

友だちと遊んで帰るのが遅くなったとき、いつも家の前で待っていてくれた。おばあちゃんの長い影が伸びていて、その向こうに燃えるような夕焼けが広がっていた。おばあちゃんはニッコリ笑って迎えてくれた。

もし会いに行ったら、今のおばあちゃんの姿が上書きされてしまう。それが怖いんだよ。

「まあ、未来が決めたんならしょうがないけどさ」

肩をすくめる彩矢が、「あ」と手をひとつ打った。

「それより聞いてよ。陸《りく》のやつ、土日も部活でほとんど会ってくれないんだよ。『ごめんね』って謝ってはくれるけど、本当に会いたいなら部活のあとでも会えると思わない？」

陸は楠野くんの名前だ。

「ああ、うん」

「あたしのこと好きじゃないのかな。汗臭いのを気にしてるみたいで、会えるのは練習がない日だけ。だったら毎日雨が降って自主練だけになればいいのに」

にくらしげに窓の外を見る彩矢。恋をしてからどんどんキレイになっていくのがわかる。

「彩矢こそ自分から会いに行けばいいじゃん。部活が終わる時間に待ち伏せするのはどう？」

「できるわけないでしょ。そんなことしたらストーカーじゃん」

カラカラと笑う彩矢。

「だって会いたいんだよね？」

「会いたいけど会えないの。恋をしてない未来にはわかんないよ」

人にアドバイスはできても、みんな自分のこととなると弱気になる。会いたい人がいる人は特にそうだ。

自分が冷たい人だと思えても、どうしてもおばあちゃんの施設に行く気になれない。これ以上、おばあちゃんとの思い出を嫌な記憶にしたくないから。

「じゃあおばあちゃんに会いに行くのつき合ってあげるから、未来もあたしにつき合ってよ。部活が終わるまで一緒にいよう」

「やだよ。早く帰って炊飯器のスイッチ入れなきゃいけないし」

「じゃあスイッチ入れたら戻ってくるとか？　……それはないか」

自己完結する彩矢。ひょっとしたらこのまま待つつもりだったのかもしれない。

「とにかく未来は会いに行ったほうがいいと思うよ」

自分のことは棚に置いて、彩矢はそうまとめた。

なんでみんな私とおばあちゃんを会わせたがるんだろう。今さら会っても意味なんてないのに。

ひとりで校門を出ると、グラウンドのほうから野球部が練習する声が聞こえた。その向こうに広がるトラックでは陸上部の人たちが走っている。

ハードルが設置されていないということは、陽翔も走り込みをしているのだろう。

遠くの空が朱色に染まりはじめている。春先というのに、コートを着ているせいで少し暑い。

ひとりが好きなのは、心が乱されずに済むから。誰かがなにか口にするたびに、責められている気分になってしまう。もっと自信を持ちたいけれど、その術《すべ》を知らない私には無理なこと。

陽翔はいいな。いつも楽しそうで、忙しいのに、おばあちゃんにも会いに行けている。誰よりも素直な心で話したい相手は、陽翔だ。そして、いちばん話せない相手も同じ陽翔。

昔みたいにバカなことを言って笑い合いたい。そばにいても不自然じゃない関係に戻りたい。

「私のせい」

好きな気持ちに気づいてから、私は私じゃなくなった。前が思い出せないほどそっけなくしたり冷たくしたりしてしまう。

おばあちゃんみたいに私も陽翔への気持ちだけ忘れてしまえたらいいのに。そんなことを考えてしまうなんて最低だ。おばあちゃんはこうしている今も苦しんでいるのに。

おばあちゃんは今ごろなにをしているんだろう。熱は下がったのかな。胃ろうって苦しくないのかな。

会いたいけど会えないよ。ごめんね、おばあちゃん……。

泣きたい気持ちと戦っていると、

「おい」

うしろから声がかかった。ふり向くとユニフォーム姿の陽翔がすごい速さで駆けてきて、私の横で急停止した。

「未来、あいかわらず歩くの速いな」

はあはあ、と膝に手を置いて息を吐く陽翔。突然のことにびっくりしてしまう。

私に会うために走ってきてくれたのに、

「なんの用？」

もうひとりの自分がそっけなく答えた。

「ちょうど見かけたからさ。ほら、こないだ日曜日にハルさんとこ行くって言ってたろ？」

陽翔は気にした様子もなく白い歯を見せて笑った。もう息切れもしていない。

「行くのはお父さんとお母さんだけ。彩矢にも言われたけど、私は行かない」

「うん。それでいいと思う」

「え？」

てっきり彩矢と同じようなことを言われると思っていたから拍子抜けした。

「だって昔から未来は一度決めたことは変えなかったろ？」

「そう……だっけ？」

「そうだよ」と、陽翔は体を起こした。

「小学校のときにさ、子ネコを拾ったこと覚えてる？　未来のおばさんが『保健所に連絡する』って言うのを必死で止めて、『自分で飼い主を見つける』って言い張った。夜になってもあきらめずに、やっと飼ってくれる人を見つけたじゃん」

覚えてるよ。門限を過ぎてもつき合ってくれたよね。陽翔だって、家に帰ってからひどく叱られたはずなのに、次の日に会っても平気な顔をしていた。

覚えていてくれたんだ……。

にやけそうになるのをこらえていると、「だからさ」と陽翔は続けた。

「無理して会いに行く必要はないし、俺が遊びに行ったときに未来の近況は伝えてるから」

「……そう」

「前は強要するようなことを言って悪かったな。それを言いたくて追いかけてきたんだ」

汗が夕日にキラキラと輝いている。きっと私の顔も赤く染まっているのだろう。

陽翔は昔からやさしかった。親に叱られてしょげているときも全力で励ましてくれた。

きっとそのころから好きだった。でも彼はどんどん大人になっていき、私は同じ場所でうずくまっているだけ。大好きだったおばあちゃんに会う勇気さえない私が、陽翔と釣り合うわけがない。

「強要されたなんて思ってないよ。どっちみち会いには行かなかったし」

「ならいいけど」

グラウンドのほうに目をやる陽翔。せっかく来てくれたのにやさしい言葉のひとつもかけられない自分が嫌になる。

「私のこと、どんなふうにおばあちゃんに報告してんの？」

そう尋ねると、陽翔は「えっと」と指を折って数えはじめる。

「期末テストは悲惨だったとか、授業中に居眠りして注意されてたとか」

「それじゃあダメな報告ばっかりじゃん」

「いい報告もしといたって。弁当を残さず食べて、休み時間にはおやつもしっかり食ってますって」

「ちょっと！」

ゲラゲラ笑う陽翔につられ、私の頬も緩んでしまう。

「まあ、そんなとこ。じゃあな」

軽く手を挙げて走り出す陽翔。長い影も一緒に彼を追いかけていく。

そうだよね。私たちはこんなふうに軽い冗談やバカ話ばかりしていた。陽翔を好きになってからはうまく話せなくなっていたけれど、季節が変わるようにいつかこの気持ちも変わるはず。

ただの幼なじみに戻ることができれば、このモヤモヤした気持ちも消えてくれるだろう。

今を楽しめていない自分が少しだけかわいそうに思えた。


久しぶりにおばあちゃんの夢を見た。

小学校の帰り道、偶然会ったおばあちゃんとスーパーへ行ったときの夢だ。

なんで夢だとわかったのかはわからないけれど、レジで会計をしているおばあちゃんを見てそう思った。

ランドセルが重くて早く帰りたかった。でも、おばあちゃんは財布を開けたままフリーズしたように動かない。

「千五百二十六円です」

レジに立つ女性が愛想のない声でくり返した。

おばあちゃんはしばらく迷ったあと、一万円札を取り出した。財布は小銭でいっぱいなのに。

たくさんのお釣りを受け取ると、おばあちゃんは緩慢な動きで私のほうへ来た。手に持つ小銭がこぼれそうで、「貸して」とカゴを受け取る。

エコバッグに買ったものを入れてから店を出た。

「最近ね、おばあちゃんわからなくなるんやて」

帰り道でおばあちゃんがつぶやくように言った。

「なにが？」

「なにもかも。お金のこととか日付のこととか。ほら、昨日も火をつけっぱなしにしただら？」

あんなに厳しく叱るお母さんを見たのは初めてだった。一緒に怒られている気分になり、私も暗い夜を過ごした。

「気をつければいいじゃん」

わざと明るく言ったのに、おばあちゃんはさみしそうに肩を丸めた。

「これからもどんどん忘れていくんやろうねえ。最近は怖くなるときがあるんよ」

「私のことも忘れちゃうの？」

買い物袋をブラブラさせながら尋ねると、おばあちゃんは「まさか」と笑った。

「未来ちゃんのことは忘れんて」

けれどその声は弱く、自信がないように聞こえた。

お父さんやお母さんよりも長い時間一緒にいるんだし、きっと大丈夫。

「忘れないように私がいっぱいお話してあげる」

「ありがとうね」

ふたりの影が長く伸びている。今日、陽翔が作った影のように。今日……？

「あ、これ夢だ」

足を止めると、おばあちゃんが不思議そうにふり向いた。

「未来ちゃん？」

向こう側に真っ赤な夕日が燃えている。

本当は言いたかった。『会いに行けなくてごめんね』って。

だけど、口が開いてくれない。ニッコリ笑ってみせると、おばあちゃんもそっくりな顔で笑った。

夢の終わりがすぐそばまで来ている。

作戦の決行は日曜日の早朝五時半。家のドアをそっと開けると、外にはまだ夜の景色が広がっていた。

みんなが起きる前に家を出ることにしたのは、昨日になってお母さんが『おばあちゃんに会いに行くのは絶対だからね』と釘《くぎ》を刺してきたから。

三月下旬とはいえ、真冬みたいに寒い。ニットのアウターを抱きしめるようにして自転車で三ヶ日駅へ向かった。

始発列車まであと一時間近くあるので、駅舎の階段に座って待つことにした。

左手には葬儀会場、正面にはつぶれたパチンコ屋さんが街灯に照らされている。

「やだな……」

家出もどきをしてまでも会わないなんて、自分でも冷たいと思う。でも、やっぱり今のおばあちゃんの顔を見る勇気がない。

久しぶりにおばあちゃんの夢を見た。あれは私が小学校六年生のときの夢だ。

どんどん物忘れがひどくなるおばあちゃん。フグのように膨れた小銭入れを見て心配になったことをまだ覚えている。

どうして認知症という病気があるのだろう。家族のことも忘れてしまう病気なんて、あまりに悲しすぎる。

私はおばあちゃんの記憶から消えてしまった。次に忘れられたのはお父さん。お母さんのことは入所する朝まで覚えていた。きっと今でもそれは同じ。会いに行ったら、『この人誰?』とおびえた目で私を指さすのだろう。

おばあちゃんにとって、私は大切じゃなかったのかな……。白いため息が薄暗い空に消えていく。

このあたりにいると、お母さんたちに見つかる可能性が高い。これから始発電車に乗って浜松駅にでも行くつもり。まさか、そこまでは探しにこないだろう。秒ごとに夜が白みはじめている。上空に見えていた星が薄まり、世界が色を少しずつ取り戻していく。

澄んだ空気を吸い込むと、少しだけ胸のモヤモヤが薄まった気がする。

ふと、道の向こうから誰かが走って来るのがわかった。

ひょっとして、お母さん……? 身構えてすぐに、そのシルエットが陽翔だと気づく。

「おはよう」

トレーニングウエア姿の陽翔は、私がいることを知っていたかのように挨拶をしてきた。

「おはよう。って……なんでここにいるの？」

「ここ、俺のランニングコースだからさ」

陽翔は階段をのぼってくると当たり前のように隣に腰をおろした。走ってきたからだろう、軽く息を切らしている。

「で、なにしてたの」

「別に」

「ハルさんとこに行きたくなくてプチ家出ってとこだろ？　始発を待って浜松駅に逃げる作戦？」

「幼なじみってこういうところがすごく嫌」

昔から私の考えていることはお見通しって感じ。だからこそ自分の気持ちがバレないように必死で抑えるしかない。

ガハハと声を出して笑ったあと、陽翔は上半身を折り私の顔を覗き込んできた。

「伝説はやっぱり信じないんだ？」

「伝説？　あー、またその話？　いくらなんでもしつこいって」

「俺がしつこいってことは昔から知ってるだろ。なんたって俺たちは幼なじみなんだから」

「……まあね」

幼なじみだと胸を張るのなら、私の気持ちに気づいてくれてもいいのに。ううん、やっぱり気づかれたくない。

陽翔は肩をすくめたあと、ポケットから封筒を取り出した。

「未来んちのポストに入れに行ったんだけど、自転車がなかったからさ」

「なんだ。じゃあここにいるって予想はしてたってこと?」

真っ白な封筒には『未来へ　陽翔より』とだけ書いてあった。なかには、『1日フリーきっぷ』と書かれた定期券くらいの大きさの切符が入っていた。

「これを使えば、天浜線が一日乗り放題。掛川駅まで行けるし、帰って来ることもできる」

「それって……」

「有効期間は三カ月あるから、今日使わなくてもいいし、なんなら今のおばあちゃんに会いに行ってもいい」

「いらない」

封筒と切符を押し返すが、避けるようにひょいと陽翔は立ちあがってしまった。

「いらないなら、これから浜松駅に行くのに使ったら？　でも、予定がないなら一度だけでも試してみろよ」

「試さない」

苦笑する陽翔が、朝の光に照らされている。

「否定ばっかだな。ま、それが未来らしいけど」

階段の下で陽翔は軽く手をあげてから、再び走り出す。

なにも言えないまま、渡された切符を見つめた。

昔から陽翔はこの手の話が好きだった。だからといって、切符をくれるほど信じているとは思わなかった。


『否定ばっかだな』


今、言われたばかりの言葉がまた私を責めている。いちばん素直でいたいと思う人の前でも、私は反論してばかり。

切符の下部には値段が記載されている。少ないお小遣いからわざわざ買ってくれたのだろう。

だったら、一度だけ試してみようかな。『伝説は嘘《うそ》だったよ』とあとで報告すればいい。

改札口が開くのを待って、ホームへ出る。正面の空に、まだ低い位置の太陽が顔を出している。それだけで少し寒さが和らいだ気がした。

遠くから列車の音が聞こえてくる。上下が緑色、中央がオレンジ色のデザインの車体がのんびりホームへ入って来た。

さすがに日曜日の始発列車だからか、ほとんど人は乗っていなかったので、ふたり掛けのシートの窓側に座った。軽い揺れとともに列車が走り出す。

まだ選択肢は三つある。西鹿島《にしかじま》駅で遠州《えんしゅう》鉄道に乗り換えれば新浜松駅へ。遠州森駅で降りればおばあちゃんが入所している施設へ。伝説を信じるならば、終着駅である掛川駅まで。

窓の外を眺めていると、やがて右手に浜名湖が姿を現した。が、すぐに緑の木々が作るトンネルに入ってしまい、そのあとしばらくは住宅街が続く。

不思議と心の波が穏やかになっていく。

私は……どうしたいのだろう？

物心がついたときから、おばあちゃんは家族だった。幼稚園のお迎えはおばあちゃんの担当で、帰りに三ケ日製菓という和菓子屋さんに時折連れて行ってくれた。初生衣《うぶきぬ》という三角形のお饅頭《まんじゅう》を家族分購入しては、『まつりの日には初生衣《うぶぎぬ》神社に供える伝統のあるお菓子なんやて』と同じ説明を毎回してくれた。

小学生になってからは、家に帰るとおばあちゃんがいてくれた。おやつは、蒸しケーキやゼリーなど手作りのものが多かったけれど、どれも美味しかった。

『未来がお嫁さんに行くまで、元気でいんとな』

『勉強はどうでもええんやて。未来が楽しそうにしてるのがいちばん』

『お小遣いほしいだら？　お母さんには内緒だに』

忘れていたおばあちゃんとの会話が頭のなかで聞こえる。

私は……どんな反応をしたのだろう？　小学校低学年のころはおばあちゃんに甘えてばかりだった記憶がある。けれど、高学年になるにつれ、だんだん家にいる時間が少なくなり、おやつも食べずに友だちと遊びに行くことも多かった。

『おばあちゃんウザい』

『何回も言ってるのになんでわかんないの?』

『だから友だちと約束してるんだって。うるさいなあ、もう』


自分が放った言葉たちがゾンビのようによみがえる。

ああ……私はちっともおばあちゃんにやさしくしてこなかった。ひどい言葉を投げかけたとき、おばあちゃんは悲しそうに眉をハの字に下げていた。

そして、気づけばどんどん忘れっぽくなっていって……。

おばあちゃんの小銭入れがあんなにパンパンになったのは、私にも原因があるのかもしれない。

右手に奥浜名湖が広がった。朝日に照らされキラキラ輝いているけれど、さっきとは違い、悲しみに揺れているように見える。

もしも、伝説が本当のことだったなら、あのころのおばあちゃんに会いたい。会って、きちんと謝りたい。

こういう機会をくれたのは、陽翔だ。やっぱり今のおばあちゃんに会う勇気は出ないけれど、昔をふり返ることができたのは、まぎれもなく彼のおかげだから。

心地のよい振動が途切れ、目を開けると列車は駅に到着していた。いつの間にか眠っていたらしく、まばらにいた乗客の姿は車内にない。

「終点、掛川駅です」

運転士のアナウンスに「えっ？」と思ったより大きな声で反応してしまった。

もう掛川駅に着いたの？

慌てて飛び降りると、ホームには誰の姿もなかった。おばあちゃんとの思い出の旅をしている途中で寝てしまうなんて……。これじゃあ仮に伝説が本当のことだとしても、参加資格はないだろう。

ガッカリしていると革靴を鳴らす音が聞こえた。若い駅員さんが私に向かって歩いてくる。

あれ……？　誰もいなかった気がしていたけれど、寝ぼけているのだろうか。おそらく切符の確認だろう。ポケットのなかにいれた切符を取り出すうちに、駅員さんは私の前で深々と礼をした。

「『思い出列車』へのご乗車、ありがとうございます」

どこかで聞いたことのある言葉に、眉をしかめてしまった。

男性が紺色の帽子を取ると、髪が風にサラサラと揺れた。細身の体に似合いのやさしい目をしていて、口元には笑みが浮かんでいる。胸元には、天竜浜名湖鉄道という文字が刺しゅうされていた。

そこでやっと、『思い出列車』は陽翔が言っていた伝説に出てきた言葉だと気づいた。

「え、ひょっとして……」

「私は、案内役の二塔と申します。二つの塔と書きます」

「はい。あの……私は、篠田未来です」

知っているかのようにうなずいたあと、二塔さんは目を細めた。周りの空気も一緒にやわらかくなったように思えた。

「会いたい人はいますか?」

大きな声じゃないのに、その言葉がやけに大きく耳に届いた。

「会いたい……それって『終着駅の伝説』のことですか?」

考えるよりも先に言葉が口から出ていた。

二塔さんはさっきと同じ表情のまま、視線を空へ向けた。

「終着駅は不思議な駅です。最終目的地であり、はじまりの地でもある」

よくわからないまま、あいまいにうなずいた。

これは……どっきり企画かなにかだろうか。一般人がだまされるテレビ番組を見たことがある。けれど、冗談で済ませたくない気持ちが込み上げてくる。

「伝説は、本当に起きることなんですか？」

「伝説だと笑う人には伝説のまま。現実に起きると信じる人には、そのようになるでしょう」

おそらく二十代と思われる二塔さん。落ち着いた話し方が、年齢以上に思わせる。

「会いたい人はいます。でも……怖いんです」

私は、いい孫ではなかった。大きくなるにつれ、おばあちゃんをぞんざいに扱ってきた。

そんな私のことをおばあちゃんが忘れるのは当たり前のことだった。今さら気づいても遅すぎるのに……。

「きっとおばあちゃんは私に会いたくないって――」

「大丈夫ですよ」

目尻をさげた二塔さんが視界いっぱいに映った。まるでなにもかもわかっているような笑みを浮かべている。

「私が案内するのは、相手方もあなたに会いたいと思っているときだけですから」

「おばあちゃんも……会いたいと思ってくれているの？」

質問に答えず、二塔さんは改札口のほうを向いた。よくある自動改札機ではなく、銀色のポールのなかに駅員が立つスペースがあるだけの簡素な改札口。駅員の姿はない。

「思い出と向き合うことができたなら、会いたい人に会いたいと願いながら改札を抜けてください。篠田さんの会いたい人が待っているはずです」

「え、でも、おばあちゃんは老人ホームにいて、病気で動けなくて……」

「大丈夫ですよ」さっきと同じ言葉が耳に届いた。

「現実のおばあさまは老人ホームにいるままで、意識だけ終着駅に来ている状況です。あなたの会いたい人が生きている限り、必ず会えます」

唖然《あぜん》とする私に、二塔さんは深々と一礼した。

「私はここで失礼いたします。またのご乗車をお待ちしております」

二塔さんが背を向け改札口とは反対方向へ歩いて行くのを見送ることしかできなかった。

不思議だ。伝説なんて信じてなかったのが嘘のように、頭のなかがおばあちゃんでいっぱいになっている。

歩き出す。おばあちゃんの思い出と一緒に。

切符を手に改札口を通り抜ける寸前、目を閉じて願った。

「会いたい。おばあちゃんに会いたいよ」

おばあちゃんに会って話がしたい。これまでのことをきちんと謝りたい。


ふと、周りの空気が変わった気がした。

ゆっくり目を開けると同時に、思わずあとずさっていた。

ここには絶対ないものが目の前にある。

それは……家の玄関だった。

「え……なにこれ？」

ふり返ると改札口はなく、向かいの家の壁があるだけ。瞬間移動したみたいに、
私は自宅の前に立っている。

門にそっと触れてみれば、感触をたしかに感じる。

「ありえない。こんなのありえないよ……」

呆然《ぼうぜん》と立ちすくんでいると、玄関のドアが急に開いた。

「あれ、未来ちゃん。お帰りなさい」

顔を出したのは——おばあちゃんだった。

パーマをかけた白髪、細身の体に紫色のカーディガンに茶色のパンツを穿《は》いている。ニコニコと笑うその顔を見て、一瞬で視界がゆがんだ。

「おばあちゃん……」

「そんな顔してどうしたの？　ほら早くなかへ——」

「おばあちゃん！」

思わず駆け寄り抱き着いていた。おばあちゃんは「あれあれ」と笑いながら私の頭をポンポンと叩いてくれた。

「未来ちゃんは泣き虫やね。陽翔くんや彩矢ちゃんとケンカでもしただら？」

懐かしいおばあちゃんのにおいがする。大好きだったおばあちゃんが抱きしめてくれている。

首を横にふりながら、夢じゃないかと何度も疑ったけれど、涙の温度が現実のことだと教えてくれている。

おばあちゃんに会えた。元気だったころのおばあちゃんが私を抱きしめてくれている。

「おばあちゃん、私ね『思い出列車』に――」

体を離し、伝説の話をしようと口を開くと、おばあちゃんは自分の口に人差し指を当てた。

「そのことは内緒やて」

「え……?」

「せっかく会えたんだから、今はふたりの時間を大切にしようね。初生衣も買ってきたんやて」

そう言うと、おばあちゃんは家のなかへ私を導いた。

靴を脱いであがれば、今とは少し違う内装が目に入った。キッチンにおばあちゃんの休憩用の椅子があったり、テーブルの上におばあちゃん用の卓上カレンダーが置かれてあったり、壁に油絵が飾ってあったり。

おばあちゃんは私をテーブルに着かせると、お茶と初生衣を載せたお盆を運んできてくれた。

「初生衣、懐かしいだら。未来ちゃんはこしあんが好きだったよね?」

久しぶりに見た初生衣を口に運ぶと、涙のせいか少しだけ塩気を感じた。

「おばあちゃんは、つぶあん派だもんね」

「あんこと言えばつぶあんやて」

上品にほおばるおばあちゃんを見ていたら、また涙があふれそうになる。

夢を見ているわけじゃない。伝説は本当のことだったんだ……。

家を出るころのおばあちゃんより少しふっくらしていて、年齢も若く見える。きっと、私が小学生のころのおばあちゃんの姿なのだろう。

「未来ももうすぐ中学三年生だら？」

「うん。お母さんはあいかわらずうるさいけどね」

「未来ちゃんのことを心配してくれてる証拠やて」

そんなことない、と思ったけれどせっかくの再会に水を差すようなことをしたくなかった。代わりに首を少しだけかしげてみせる。

「おばあちゃんは……その、今は施設にいるんだよね？」

「そうだよ。こないだまで入院しててね、ついにご飯が食べられなくなってしまったんよ」

二塔さんの言ったとおり、おばあちゃんの意識だけがここにいるんだ。元気だったころの姿で会いに来てくれたんだ……。

「ほら、お茶も飲みなさい」

そう勧めてからおばあちゃんも湯呑を手にした。

「もう入所して一年も過ぎたんだね。こんなに頭がすっきりしてるのは久しぶりだよ。家にいるころは未来ちゃんにもえらい迷惑かけたね」

「そんなこと……ない、よ」

おびえた姿が浮かんでも、目の前にいるおばあちゃんは昔のままだ。あえて蒸し返す必要もないだろう。

急に、おばあちゃんが声に出して笑った。こんな笑い方だったことも忘れていた。

「未来ちゃん、嘘ついてるだら？　おばあちゃん、家を出る寸前はおかしなことばかりしてたからね」

「しょうがないよ。病気になっちゃったんだから……」

必死で首を横にふって否定しても、おばあちゃんは花がしおれるように目を伏せてしまう。

「おばあちゃんね、認知症になったんだよ」

「……うん」

「気がついたら、ぼんやりしてることが多くなってね。だんだん、今どこにいるのかがわからんようになった。起きているのに夢を見ているような感覚で、時間を早送りしたり、巻き戻ししたりしてるうちに、記憶をまるさら置き忘れてきてしまったんよ」

低い声でつぶやくおばあちゃんに、

「大丈夫だって」

そう言うが、おばあちゃんは「それでね」と話を止めてくれない。

「自分が自分でなくなっていくみたいでね。おかしなことをする自分を止めようとしても、まるで牢屋《ろうや》のなかから叫んでいるようでね……」

なんて答えていいのかわからずにうつむく私に、おばあちゃんは口を閉じた。

おばあちゃんが病気になったのは私のせいだ。あんなにかわいがってくれていたのに、私はちっともやさしくしてこなかった。

謝りたくてここに来たのに、やっと会えたのに、結局肝心なことはいつも言葉になってくれない。

しんみりした空気を打ち破るように、おばあちゃんはパチンと手を叩いた。

「湿っぽい話は終わり。これからお昼ご飯を作るで、手伝ってくれる？」

「え？　もうお昼？」

時計を見て気づいた。秒針がありえないほどの速さで回っている。

「この世界では普通よりも時間が早く進むみたいやね」

「それって浦島太郎みたいに？」

だとしたら、現実世界に戻ったら私も歳《とし》を取ってしまう。

「大丈夫。ここにいるときは早く進んで、逆にもとの世界に戻ったら、来たときの時間とあまり変わらないんだって」

そう言うとおばあちゃんは立ちあがり、手際よくエプロンをつけた。

「それって、誰情報なの？」

「未来も会ったやろ？　二塔さんが教えてくれたんやて」

二塔さんが……。

「あの人なんなの？」

「案内人って言ってたね。生きてるのに会えない人同士を会わせてくれる役目の人。今どきにしては愛想のいい若者だね。ほら、未来も手を洗って。たらたらしてたら夜になっちゃうに」

キッチンで手を洗うと、思ったよりも水が冷たかった。

私は……おばあちゃんに会っているんだ。

もう、迷わない。ここにいる時間は奇跡みたいなものだ。あれこれ考えずに、おばあちゃんとの再会を楽しもう。

おばあちゃんと一緒に肉じゃがを作った。並んでキッチンに立つ間も思い出話があとからあとからあふれ、止まることはなかった。

幼稚園の入園式で私が大泣きしたこと。卒園式ではもっと泣いていたこと。ほとんど覚えていないことでも、おばあちゃんの記憶により補完されていく記憶たちが愛《いと》おしくてたまらない。

時間が早く進むとはいえ、お腹はあまり空《す》いていなかったので、肉じゃがだけを昼食にした。

気づくと窓の外にはすごい速さで夕暮れが忍び寄っていた。

「今日はこれで終わりにしようね」

食べ終わったあと、ふたりで食器を洗っているときにおばあちゃんが言った。

「え、泊まっちゃダメなの？」

「ダメに決まってるだら。未来は本当の家に、おばあちゃんはホームに戻らなくちゃ、みんなが心配する」

「現実のおばあちゃんは今も老人ホームにいるんだよね？」

「そうだよ」とおばあちゃんは声のトーンをわずかに下げた。

「もうね、現実のおばあちゃん話もできない状態なんだよ。だから、こうやってお話できたことが本当にうれしいんだよ」

おばあちゃんは最後まで見舞いに来るように言わなかった。もし言われたとしても、『行く』と言えたかどうか自信がない。

玄関で靴を履きながら、もう会えないかもしれないという恐怖がジワジワと足元から這いあがるのを感じた。

これが最初で最後の奇跡だったらどうしよう……。

「大丈夫」

声にふり向くと、おばあちゃんは白い歯を見せて笑っていた。

「また来ればいいよ」

「すごい。おばあちゃん、私が考えてることがわかるんだね」

「何年おばあちゃんをやってると思ってるんやて。未来の考えそうなことなんてすぐにわかるら」

そうだった。おばあちゃんは私の不安をいつも先回りして摘み取ってくれていた。

「帰り道は長いけど、気いつけて帰りなさい」

「うん。じゃあ、行ってきます」

「行ってきなさい」

この言葉もおばあちゃんならでは。『行ってらっしゃい』じゃなく『行ってきなさい』と言われていたことを思い出した。

笑顔で手をふり合い、私は玄関の外に出た。

家の前の風景がブラックアウトしたかと思った次の瞬間、改札口が姿を現した。ふり向いても、もうそこには駅舎の壁があるだけ。

奇跡の時間が終わったんだと知った。それでも胸がポカポカと温かい。

帰りの列車ではおばあちゃんとの思い出をまたふり返った。上書きされた幸せな記憶が、私を眠りに誘った。


春休みになると、『思い出列車』に乗り何度もおばあちゃんに会いに行った。

本当は毎日でも行きたいけれど、お小遣いが底をついてしまうため、三日に一度くらいのペースだ。

おばあちゃんは私を快く迎えてくれて、一緒におやつを作ったり、アルバムを見たりして過ごした。どの時間も楽しくて、二塔さんにも『元気そうですね』と言われる始末。

実際に、おばあちゃんと過ごしていると心が元気になるのを感じる。

今日は日曜日。つまり、早朝に家を出るパターンだ。

足音を忍ばせ玄関へ向かっていると、

「どこ行くの？」

咎《とが》める声が足を止めさせた。ふり向くとパジャマ姿のお母さんが、不機嫌そうに立っている。

「え？　あ、おはよう」

「おはよう、じゃない。どこに行くのって聞いてるの」

寝ぐせのついた髪が、メデューサのようににょきにょきとうねっている。

「ちょっと……散歩」

「散歩する恰好《かっこう》じゃないでしょ。こないだも荷物の不在票が入ってたし、ちょくちょく出かけてるようだけど、どこに行ってるの？」

掛川駅の改札を通って、昔の家に遊びに行ってる。そんなことを言っても、絶対に信用してくれない。

リュックのなかから春休みの課題を取り出してお母さんに見せた。

「ちゃんと勉強はしてるから大丈夫」

「なんで家でやらないのよ。コソコソ家を出て……まさか、男の子と一緒じゃないわよね？」

どんどん声のボリュームがあがっている。目が覚めたらしく、お父さんもなにごとかと顔を出した。

「とにかく今日は家にいること。そもそも朝ごはんだってまだ――」

「どうして？」

無意識にそう尋ねた私に、お母さんは言葉に急ブレーキをかけた。

「え？」

「どうしていつも怒ってるの？　なんで、私を責めることばかり言うの？」

「あんたが怒らせるからじゃない。この間だっておばあちゃんのとこに行くって約束してたのにいなくなっちゃって。どうして困らせることばかりするのよ」

不思議だ。昔ならお母さんの怒りに合わせて私も言いたいことを言っていた。

でも、今は違う。おばあちゃんに会うためなら、どんなことだってできる。

「おばあちゃんのところにはひとりで行けるからいい」

「部屋番号も知らないくせに」

吐き捨てるような口調に、首を横にふった。

「おばあちゃんが元気だったころは、お母さんもニコニコしてたよ。病気だとわかってから、お母さんは怒ってばっかり。おばあちゃんがホームに入ってからはもっとイライラしてる」

絶句したように口をぽかんと開くお母さんに、「あのね」と続ける。

「自分勝手なことをしてるのはわかってる。でも、しばらくは自由にさせてほしいの。ごめんなさい」

ペコリと頭を下げ、玄関から外に出た。

「待ちなさい！」

お母さんの声を封じるようにドアを閉め、駅まで自転車を飛ばした。

駅まで追いかけてくることはないだろうけれど、着いたら見つからないように隠れなくちゃ。

先週と同じくらいの時間に家を出たのに、もう空は明るくなってきている。季節がついに春に変わったのだろう。

三ヶ日駅で自転車を停《と》めていると、

「未来」

私の名を呼ぶ声がした。

いつものランニングウエアに身を包んだ陽翔が駆けてきた。

「家の前で見かけて声かけたのに、ぜんぜん追いつけなかった」

体をふたつに折り、陽翔は荒い息を吐いている。

「ストーカーみたい」

素直な感想を述べると、「ひでえ」と笑い転げている。

「だからここは俺のランニングコースなんだって。そっちはまたハルさんに会いにいくの?」

おばあちゃんと再会できたことを陽翔にだけは伝えてある。聞いたときは私以上にうれしそうにはしゃいでいたっけ……。

「もちろん。本当は毎日でも会いに行きたいけどね」

「掛川駅は遠いからな。でも、よかったな」

やさしくほほ笑む陽翔を見ていると、胸の鼓動が大きくなるのがわかった。

「陽翔が切符をくれたおかげだよ。『終着駅の伝説』のこと、教えてくれてありがとう」

「素直な未来は久しぶりに見たわ」なんておどけたあと、陽翔は咳払《せきばら》いをした。

「でも会えてよかったな。こんな話、絶対に誰も信じないだろうけど」

「架空の伝説だ、って笑う人には、ずっと伝説のままなんだよ」

二塔さんの受け売りだけど、陽翔は感心したようにうなずいてくれた。

体の向きを変え屈伸をはじめる陽翔。朝日が作る影は、前に見た夕暮れのときとは違い薄い色。陽翔への気持ちに気づいてからは、恥ずかしくて影ばかり見つめている気がする。

「あの、陽翔もさ──一緒に行かない？」

勇気をふり絞って背中に声をかけた。

「一緒に？」

「おばあちゃんともずいぶん会ってないでしょ？」

「いや、やめとく。今は未来がハルさんに力をもらう番だからさ」

「力って？」

それには答えず、陽翔は「またな」とランニングを再開した。

駆けゆく彼との距離がどんどん遠くなる。

ああ……やっぱり私は陽翔のことが好きなんだ。だって、こんなにガッカリしている。

いつか『思い出列車』に陽翔と乗れたらいいな……。

まぶしさに目を細めていると、線路の向こうから『思い出列車』が今日も私を迎えに来た。


二塔さんはいつものようにホームにたたずんでいた。

列車から降りる人は二塔さんに目もくれず改札へ急ぎ足で進んでいく。

「こんにちは」

声をかける私に、二塔さんは帽子を取り頭を下げた。

「『思い出列車』へのご乗車、ありがとうございます」

いつもと同じ言葉でにっこりほほ笑む。新入社員かと思うくらい若いけれど、いつ会っても私みたいな中学生にも丁寧に対応してくれる。

今や私も、『思い出列車』の常連。ずっと気になっていたことを尋ねてみることにした。

「お聞きしたいことがあるんですけど、私以外にも伝説を信じて乗車する人っているのですか?」

「もちろんいらっしゃいますよ」

懐かしむように、ホームの屋根と屋根のすき間から見える青空に二塔さんは視線を向けた。

「今年は篠田さんがふたり目のお客様ですが、その前は、たしか三年前くらいにおひとりいらっしゃいました」

それってほとんどいない、ってことじゃ……。

おかしな顔をする私に気づいたのだろうか、「いえいえ」と二塔さんは右手を横にふった。

「伝説が語り継がれていた十年前までは、それこそ毎週のように『思い出列車』に乗り、この駅を訪れる方はおられました」

十年前だとおそらく二塔さんは働いていない。さっきの三年前だって怪しいものだ。こんな不思議な現象が起きるのだから、二塔さん自身の時間も私たちのそれとは違うかもしれない。

「ですが」と、二塔さんがさみしそうな顔になった。

「『思い出列車』に乗っても、会いたい人に会えなかった方もおられます。会いたい、と心から願わなかった場合や、相手が同じ気持ちでない場合は会えません」

「私は会えたから、おばあちゃんも同じように思ってくれていたってことですね」

軽くうなずいた二塔さんが「ですが」と同じ言葉をくり返した。

「今日会えるかどうかについては、改札を通り抜けるまでわかりません」

「え？　それってどういうこと？」

ついため口になってしまった。気にした様子もなく、二塔さんは「はい」と神妙な顔になった。

「例えば、相手が『もうじゅうぶんだ』と思った場合ですね。お互いに思い合っていないことになりますので、その人には会えなくなります」

一昨日の帰りに、おばあちゃんは『またおいで』と言ってくれた。だからきっと会えるはず。不安の芽を摘んでから頭を下げる。

「わかりました。じゃあ、行ってきます」

が、二塔さんからの返事はない。顔をあげると困ったような顔で二塔さんが私を見ていた。

「そもそものお話をしておりませんでした」

あたりの空気が急に固くなった気がした。

「そもそも……？」

「『終着駅の伝説』についてどのようにお聞きでしょうか？」

「友だちから聞いたので詳しくは知らなくって……。たしか、『思い出列車』に乗って、会えない人に会いたいと心から願えば、終着駅の掛川駅で会うことができる、とか……」

陽翔が教えてくれたことを伝えたけれど、二塔さんの表情から正しい情報かどうかはわからなかった。

しばらく間を置いたあと、二塔さんは「はい」と答えた。

「合っております。でも、その『会えない人』には条件があります。物理的にとか心理的に会えない人に限られています。物理的にというのは、遠い外国にいるとか、刑務所に収監されているとか、そういう理由で会えない人のことです」

おばあちゃんは森町の老人ホームに入所しているから当てはまらない。

「じゃあ、私は心理的にということ？」

「そうなります。心の壁があり、実際に会うことを躊躇《ちゅうちょ》されているのでしょう」

心の壁はたしかにある。元気なおばあちゃんに会えたことはうれしいけれど、やっぱり現実のおばあちゃんに会いに行く勇気なんてない。

「さっき、そもそもの話って……」

「そもそも『終着駅の伝説』は、先ほど申しましたふたつの条件以外にも、前提条件があります。会いに行く人、または終着駅で待っている人のどちらか一方の残された時間に限りがある場合なんです。現代では、余命と言うそうですが」

すぐにわかった。昨日の夕食のときも、お父さんとお母さんが『看取り』というワードを口にしていた。

きっとおばあちゃんの残された時間は、残り少ないのだろう。鉛のような重さが胃のあたりにずしんと生まれた。

「おばあちゃんの命が消えたら会えなくなるってことですね？」

「そういうことです」

おばあちゃんの体調がよくないことは知っているけれど、亡くなることについては考えないようにしてきた。

「改札の向こうで待っているおばあちゃんは、本当のおばあちゃんですか？」

「え？」

目を丸くする二塔さんに、どう言えば伝わるのか必死で考えた。

「本当のおばあちゃんは老人ホームで寝たきりなんです。私と会ったこと、話したことを本当のおばあちゃんは覚えてくれているのですか？」

そう言ったとたん、二塔さんがこらえきれないように笑い声をあげた。

思わずムッとする私に、

「申し訳ありません。予想外のお話でしたので」

と、二塔さんは背筋をピンと伸ばし真面目な顔に戻った。

「どちらも本当のおばあさまで、あなたと話したことを現実のこととして受け止めています」

「でも、おばあちゃんは……認知症なんです。現実のおばあちゃんはもう私の顔も名前も忘れていて……」

「大丈夫ですよ」と、力強く二塔さんは言った。

「認知症になっても、心のなかには本来の意識があります。篠田さんのおばあさまも同じように、あなたに会ったという事実を心で受け止めています」

実際のおばあちゃんに会って、私のことをわかってもらえなかったとしても、おばあちゃんは心でわかってくれているってこと？

「本当は会いに行ける距離なんです。でも、会いに行く勇気がなくて……」

お父さんもお母さんも何度も会いに行っている。私は忙しくもないのに理由をつけて断り続けている。

「そういう人のために、この『思い出列車』があるのですから」

私の重い気持ちをすくい取るように、やわらかい口調で二塔さんが言ってくれた。

「あ……じゃあ、ひょっとしてお父さんやお母さんも、伝説を信じればおばあちゃんに会えるのですか？」

「おそらくそうなるでしょう」

それならば、ふたりに話をしてみるのはどうだろうか。話ができたほうが絶対によろこぶはず。おばあちゃんに残された時間が残り少ないのならなおさらだ。

今日はおばあちゃんと少し話をしたら、一度家に戻ろう。お父さんとお母さんに今起きている奇跡のことを話し、『思い出列車』に三人で乗ろう。

「私、おばあちゃんに会いに行きます」

「かしこまりました。行ってらっしゃいませ」

頭を下げる二塔さんに一礼して改札へ走った。

おばあちゃんもこのことを話せばよろこんでくれるだろう。

おばあちゃんはホットケーキを焼いて待っていてくれた。

テーブルの上で湯気をたてるホットケーキが、甘い香りを漂わせている。

お父さんとお母さんを連れてくる話をしたかったけれど、よく考えたらこんな不思議な話をふたりにわかってもらえる自信がないことに気づいた。まずはふたりにどうやって伝えるかを考えなくちゃ。

ふん、と鼻から息を吐き、二枚目のホットケーキを口に運んだ。

おばあちゃんは目を細め、私が幼稚園のお遊戯会で誰よりも目立っていたことを話している。

小学校の授業参観も運動会も、仕事で忙しいお父さんとお母さんの代わりに、いつも来てくれてたよね……。

「私はおばあちゃんに育てられたからね」

「なに言うとるんやて。一生懸命働いて育ててくれたのはお父さんとお母さんだに。おばあちゃんは時間があるもんで、自分にできることをしただけやて」

「そうかな。いつもおばあちゃんがいてくれた気がするけど」

フォークで刺したホットケーキを口に運ぶと、メープルシロップの甘さが口のなかで広がる。

「未来はもう少し親に感謝せんと。お母さんなんて未来が熱を出したときは、休み時間のたびに電話してくるくらい心配してただに。おばあちゃんが病気になってからは、仕事を辞めるかどうか、お父さんと何度も話し合ってたんだよ」

「でも、結局おばあちゃんを老人ホームに入れちゃったじゃん」

私への愛があったとしても、おばあちゃんへの愛はなかった。だから、あんなふうに急いで老人ホームへの入所を決めたんだ。

「施設に入ることはね、おばあちゃんが決めたんだよ」

世間話でもするみたいに軽い口調でおばあちゃんは言った。

「……おばあちゃんが？」

「認知症の診断を受ける前にね、勝也《かつや》——お父さんにパンフレットを渡しておいたの。『早めにここに入れてほしい』って。お父さんもお母さんも大反対でね、特にお母さんは泣いて反対した。だけどおばあちゃんはこれ以上迷惑をかけたくなかった。だもんで、施設に入れてもらったんやて」

「え……そんなこと知らなかった」

カチャンとフォークが音を立て、お皿の上に落ちた。

「だって未来はお父さんやお母さんとあまり話をしなくなっただら？　どんな疑問

でも、そのたびに言葉にしないと、正しい答えは得られないよ」

　昔から、諭すように私の間違いを正してくれたよね。私はふてくされたり聞かないフリをしたり、ちっとも素直じゃなかった。物忘れがひどくなったおばあちゃんに冷たい態度を取ったことも一度や二度じゃない。

　やっと思い出した。もともとここに来たかったのも、おばあちゃんにきちんと謝るためだった……。

　私のひどい言葉や態度でどれだけ傷つけたのだろう。同じように、お父さんやお母さんのことも傷つけてばかり。

「おばあちゃん、私……」

　意を決し顔をあげると、おばあちゃんはなぜかやさしくほほ笑んでいる。

「『終着駅の伝説』を信じてよかったよ」

　おばあちゃんに会えてどれだけうれしいかを言葉にしたいけれど、感謝の気持ちも謝罪の言葉もまだ伝えられていない。

「昔からこのあたりに言い伝えられていたけれど、まさか本当のことだと思わなかったんやて。病気になってからは、頭がすっきりする日は少なかったけれど、そういうときはいつも『終着駅の伝説』のことを考えた。『思い出列車』に乗って未来ちゃんが会いに来てくれたらどれだけうれしいかって――」

シワだらけで笑うおばあちゃん。すう、と息を吸い込んだ。

「あのね、おばあちゃん――」

「今日が未来ちゃんと会う最後の日だに」

「……え？」

今、なんて言ったの？

「自分の終わりの日がわかるんやて。おばあちゃんの命は今夜でおしまい」

もうホットケーキの香りもしない。味もしない。

カラカラに乾いた口で、

「なに……それ」

としか言えなかった。

おばあちゃんは私の湯呑にお茶を注いでくれたけれど、自分の手じゃないみたいに震えてしまいうまくつかめない。

おばあちゃんがいなくなる。おばあちゃんが死んでしまう。

「イヤだよ。おばあちゃんがいなくなるなんて、そんなの嫌だよ！」

視界がゆがんだと思った瞬間、悲しみが涙になってこぼれ落ちた。

「人は生まれたときから死ぬことが決まってるんやて。おばあちゃんもたくさんの人の死を見送ってきた。そのどれもが、ある日突然に起きたことだった」

「聞きたくない。そんな話、したくない」

駄々をこねる私を慰めるように、おばあちゃんは隣の椅子に移動し、私の肩を抱いた。おばあちゃんの香りがさらに涙を誘う。

「幸せな人生だったよ。おじいさんに出会え、息子が生まれた。その息子が最高のお嫁さんを見つけ、未来ちゃんが生まれた。だから、なんにも思い残すことなんてないんやて」

ボロボロこぼれる涙をそのままに、おばあちゃんの言う言葉を何度も頭のなかでくり返した。

「おばあちゃん、私ね、ひどいことばかりしてた。おばあちゃんに『ウザい』って言ったり、病気になったあとも無視したりした。本当にごめん……なさい」

「なに言うとるんやて。未来ちゃんはおばあちゃんにとって最高の孫だよ」

さらに強く抱きしめられ、余計に悲しみを大きく、深くした。

おばあちゃんに会えなくなる。楽しかった日々が今日で終わってしまう。

嗚咽《おえつ》が漏れ、部屋全体が悲しみの海の底に沈んだみたい。ゆらゆら揺れるホットケーキを見ながら、涙の海に溺れていく。

「大丈夫。まだ夜までは時間があるから、ゆっくりお話をしようね」

髪をなでるおばあちゃんの手。こんなに温かいのに、もうすぐ命が終わってしまうの？

「おばあちゃんのそばにいたい。ずっとずっと一緒にいたい」

体を離すと、おばあちゃんは涙をこぼしながらほほ笑んでいる。

「そうできたならどんなにいいだろうね。でも、未来ちゃんはちゃんと生きていかなくちゃ」

「おばあちゃん……」

「奇跡は誰にでも起きるわけじゃない。滅多に起きない奇跡が訪れたことに感謝しなくちゃね」

「うん。うん……」

おばあちゃんがシワだらけの指を一本立てた。

「未来ちゃん、ひとつだけ約束してくれる？」

「約束？」

「周りの人にいつも素直でいてほしい。そうしていれば、いつか来る別れの日に少しでも後悔を減らすことができるはずだから」

本当のおばあちゃんは今ごろ老人ホームで寝ている。もうすぐ来る最後のときを目を閉じて待っている。

時計を見ると午後三時。ここでの時間はあっという間に過ぎるけれど、現実世界に戻ればまだ午前中だろう。

「ここでは約束しない」

涙を拭い、椅子から立ちあがった。

私は——もう後悔を重ねたくない。

「今から現実世界で待っているおばあちゃんに会いに行くよ。そこできちんと約束するから」

「未来ちゃん……」

耐え切れないようにおばあちゃんはハンカチに顔を押し当てて泣いた。

今度は私が素直にならなくちゃ。これ以上、おばあちゃんを心配させないように強くならなくちゃ。

「おばあちゃん、私が施設に着くまで待っててくれる?」

「待っている間、お父さんとお母さんにお別れを言っておくよ。言葉はしゃべれないけどね」

「私が伝える。おばあちゃんの言葉をみんなに伝えるから」

おばあちゃんは私の言葉に何度もうなずいていてくれた。

私は会いに行く。私のことをずっと待っていてくれている大切な人に。


遠州森駅で降りると、スマホを頼りにおばあちゃんの住む老人ホームを目指した。ナビアプリには『徒歩五分』と表示されている。

歩道に咲く桜が色づきはじめている。まだ開花してすぐだけれど、時間はあっという間に過ぎ、すぐに満開を迎えるだろう。

前方に大きな建物が見えてきた。早足で歩けば、春というのに額に汗がにじんでいる。

おばあちゃんとの思い出と一緒に歩いているみたい。これまで忘れていた出来事をふわりと思い出し、そのたびに少し笑みがこぼれた。

いつもやさしかったおばあちゃん。そのやさしさが当たり前になっていた自分が恥ずかしいけれど、これが最後ならおばあちゃんともう一度話をしたい。

伝えたいことは三つ。ごめんねと、ありがとうと、約束を守ることを。

ふいにスマホが震え、着信を知らせた。陽翔の名前が表示されている。

「もしもし、陽翔？」

『おう。まだハルさんと会ってたりする？』

知らずに緊張していたのだろう。陽翔の声に体の力が抜けるのがわかった。

「ううん。さっきバイバイしたところ。今ね、おばあちゃんのいる老人ホームに向かってる」

『マジで？　未来、やるじゃん』

うれしそうな声に、私までうれしくなる。

「ぜんぶ陽翔のおかげ。あの伝説のことを教えてくれたから、勇気を持てたんだよ」

『やけに素直だ。感謝しろよ』

やさしい声に、

「感謝してる」

と、ためらいなく言葉にできた。

電話を切り、再び老人ホームへと足を進める。さっきよりも軽い足取りになっているのは気のせいじゃない。

だけど、陽翔に告白することはないと思う。

この関係を続けるなかで、私がもっと素直に自分の気持ちと向き合えたなら、自然に答えが出るだろう。

そう思える自分が誇らしく思えた。

施設の名前が書いてある門を抜け、入口へ向かった。

老人ホームの玄関は大きく、自動ドアの向こう側はまるで高級ホテルみたいになっている。さすが自分で選んだだけのことはあるな、と感心してしまった。

「え、未来？」

声にふり向くと、お母さんが驚いた顔で駆けてきた。うしろからお父さんも目を丸くしてやってくる。

「なんでここにいるの？　今、お母さんたちも来たとこなのよ」

「おばあちゃんに会いに来たの」

ロビーを抜け、奥にあるエレベーターに乗り三階のボタンを押す。

「あんなに嫌がってたのに珍しい。あれ？　未来、おばあちゃんの部屋って知ってたっけ？」

さっき本人に聞いたとは言えず、曖昧にごまかした。三階で降りると廊下を右へ曲がり、つき当りを左へ。お母さんたちは戸惑いながらついて来る。

部屋のドアを開けるとおばあちゃんがいた。やっぱりさっき会ったときよりも痩せていたし、顔色も悪いけれど――私のおばあちゃんだ。

「おばあちゃん、来たよ」

声をかけてもじっと目を閉じているだけ。呼吸は浅く、ベッドサイドに設置された機械には血圧と脈拍が低い数値で表示されている。

丸椅子に座り、おばあちゃんの痩せた手を握った。

「もっと早く会いに来ればよかったのに、ずっと来られなくてごめんね。そして、ずっとずっとずっとやさしくしてくれてありがとう」

「未来……」

うしろでお母さんが涙声になっている。

おばあちゃんは言っていた。周りの人にもっと素直になってほしい、と。

「約束する。おばあちゃんとの約束、絶対に守るから」

おばあちゃんの口元が少し緩んだように見えたのは気のせいだろうか。

しばらくすると往診の先生が来て、その後、訪問看護師さんも駆けつけた。おばあちゃんを見送るための準備が整いだしている。

とはいえ、まだ時間は午後五時だ。

「おばあちゃんはね、午後八時二十五分に亡くなるんだって」

廊下の長椅子に腰かけてそう言うと、お父さんとお母さんは顔を見合わせた。

「あのね、不思議なことがあったの。『終着駅の伝説』って知ってる?」

「知らないわよ。それよりなんで亡くなる時間を――」

「おばあちゃんにはわかるんだって。私ね、『思い出列車』に乗っておばあちゃんに会いに行ってたの」

ふたりは信じられない顔をしている。

「そんなこと言われても……ねえ?」

お母さんが困った顔でお父さんに同意を求めた。そうだろうな、と思う。私でもまだ実感がないから。

「『終着駅の伝説』をもっと早く知っていれば、お父さんとお母さんも元気だったころのおばあちゃんに会えたはず。言うのが遅くなってごめんね」

「なに言ってるのよ。そんな非現実な話ありえないわよ。ねえ?」

「まあ、な」

困惑するふたりに、私は手帳のメモを取り出した。

「おばあちゃからの伝言を預かってるの」

「いい加減に――」

不機嫌な声になるお母さんを、お父さんが「まあまあ」と止めた。

夢なんかじゃない。私はたしかにおばあちゃんに会ったんだ。

「まずはお父さんへの伝言ね。『昔からひとりっ子ということで甘やかしていましたが、それ以上に勉強をがんばってくれたね。社会人になって初めての給料で買ってくれたスカーフは、ボロボロになるまで使って、今は大切にしまってあります。お母さんの宝物だよ』」

「え？」

大きな声をあげたお父さんに、廊下を歩いていたほかの部屋のおばあちゃんがビクッと体を震わせた。

「俺も忘れてたことなのに……」

「ほかにもあるよ。『おじいさんと三人で旅行に連れて行ってくれたよね。おじいさんは素直じゃないからお礼も言わなかったけれど、亡くなる寸前まで『また熱海《あたみ》で花火を見たいなあ』と何度も言ってたのよ。仕事が忙しいと思うけど、体を大事にしてね。仕事帰りに何度も様子を見にきてくれてありがとう。あなたの母親になれて、本当にうれしかった』って」

「……そうか。そんなことを言ってくれてたのか」

もうお父さんは泣いていた。子どもみたいに顔をゆがませ、大粒の涙を落としている。

「次はお母さんね」

目を大きく見開くお母さんに、メモを読みあげた。

「『秀美《ひでみ》さんがお嫁に来た日のことは今でも覚えています。得意料理の肉じゃがは美味しくて、それ以来私の大好物になりました。妊娠がわかった日に、深夜だというのにふたりでお月様を見に出かけました。あの晩に見た大きな満月、今でも忘れられません』って」

「ああ……覚えてる。肉じゃがも満月も、覚えて……」

必死で涙をこらえるお母さん。

まだ、ふたりへのメッセージはたくさん預かっているけれど、その前に伝えなくちゃ。

「伝説を信じなかったらおばあちゃんに会えなかった。私はおばあちゃんにやさしくしてこなかったし、お父さんやお母さんにも逆らってばかり。これからも変わらないかもしれないけど、おばあちゃんと約束したの」

「約束ってどんな？」

ハンカチで目頭を押さえながらお母さんが尋ねた。

「ふたりだけの秘密だから言わない。でも、それをがんばることで、少しでも変われたらって思うんだ」

私はもう泣かない。

おばあちゃんとの思い出を大切にしながら、この世界を私なりに生きていこう。

やがて時計は八時を過ぎ、みんなが見守るなか、おばあちゃんは静かに呼吸を止めた。

おばあちゃん、また会おうね。それまでおじいちゃんと一緒に待っててね。

医師が説明をはじめるなか、窓の外に目を向けた。

空には大きな満月が浮かんでいて、夜と家族の明日をやさしく照らしていた。

第二話　君を失う、その前に

穂《ほ》崎《さき》守《まもる》（三十三歳）

人生は山あり谷あり。昔からよく耳にする言葉だ。

長い人生において、よいときもあれば悪いときだってあり、よろこびや悲しみという感情を学びながら、俺たちは人生を旅していく。

けれどあまりに深い谷に落ちてしまった人のなかには、そこから動けなくなることがある。

一歩ずつでも進めば、未来が待っていることを知っていても、絶望のなかにうずくまり目と耳を塞ぐ。

俺もそうだ。思い描いた未来予想図が見えていたはずなのに、あっけなく世界は闇に落とされた。

いちばん幸せだと感じたのは、道井早穂《みちいさほ》にプロポーズをした日。

三カ月前のことだった。

そう、まだ三カ月しか経《た》っていないのに。

＊　＊　＊

「どうかした？」

そう尋ねると、早穂は「ううん」とコーヒーカップを受け皿に置いた。

「ちょっとぼんやりしちゃってた」

照れたように笑う早穂の口元にいつものえくぼが浮かんでいる。

天竜浜名湖鉄道の遠州森駅の近くにある洋菓子屋は、日曜日ということもあり混んでいた。

奥にあるイートインスペースも満席に近く、隣の席では葬式帰りと思われる家族がカップケーキを食べながら楽しげに会話している。漏れてくる会話から、中学生らしき娘の祖母が亡くなったとわかるが、いつくしむような表情を浮かべているところを見るといい葬儀だったのだろう。

早穂に視線を戻すと、窓の外をぼんやりと眺めている。つき合って三年が過ぎ、俺は三十三歳になった。早穂も今年二十九歳になるので、そろそろ結婚を考えているところ。

が、最近は早穂の仕事が忙しく、会うのは久しぶりだ。

ダイエットをしているらしく少しやせた顔に薄いメイクをしている。花柄の服を好んで着ていたのに、近ごろはモノトーンの服ばかりを選ぶようになった。

『痩せたら服の趣味も変わったの』と笑ってたっけ。

早穂は大学生のころからひとり暮らしをしていて、俺は一年前に長年暮らした実家を出たところ。出たと言っても、実家に歩いて行ける距離にあるアパートに住んでいる。

隣の家族が帰ったあと、「ねえ」と早穂が長いまつげの瞳で俺を見た。

「ああいう家族っていいよね。葬儀のあと穏やかに故人の話ができるのは、きっといい関係だったんだろうね」

またえくぼを発見し、少しだけホッとした。

「俺も同じこと思ってた。亡くなった人の思い出話って湿っぽくなりがちだもんな」

「私たちは人の死に臆病だから。あ、ごめん」

早穂はスマホを手にして席から離れた。人材派遣のコーディネーターをしている早穂には、休みの日にもひっきりなしに電話がかかってくる。早穂の注文した『桜のカップケーキ』はまだ半分以上残っている。

ふいに不安が顔を覗かせる。つき合う前の最初のデートで俺たちは太田川桜堤《おおたがわさくらづつみ》へ出かけ、桜が作るトンネルを歩いた。『毎年行こう』と約束したのに、今年は仕事を理由に開花期間中に行けなかった。つき合って三年の記念日も仕事でキャンセルになった。来月のゴールデンウイークの旅行もどうなるかわからない状況。

早穂のなかで、俺の存在がどんどん小さくなっているような、そんな不安が拭えずにいる。

「ごめん。今日の夜ご飯は無理っぽい」

長い黒髪を肩のうしろにやりながら早穂が戻ってきた。

「トラブル？」

「あさってからの短期集中派遣で数人キャンセルが出たらしくて、今、莉子《りこ》が代わりを探してくれてる」

一ノ瀬《いちのせ》莉子さんは大学生のときからの友だちらしく、就職先も同じ。俺も一度だけ会ったことがある。茶髪に派手なメイクで、初対面なのに当たり前のようにため口で話してきた。噂話《うわさばなし》が好きで食事中もずっとしゃべっていた。苦手なタイプだったし、向こうも同じように思ったのだろう、それ以降は会っていない。

さすがに結婚式には呼ぶだろうし、友人代表の挨拶もお願いすることになるだろうから、避けてばかりもいられない。

「なあ、早穂」

莉子さんとまた食事にでも、と言いかけた口をつぐんだ。早穂はスマホでメッセージを送るのに夢中で、聞こえていない様子。

最近の早穂は一緒にいても心ここにあらずの状態が続いていて、途中で仕事が入りデートが中止になることも増えている。どんなに握りしめてもこぼれ落ちていく砂のような感じがする。

いや、と姿勢を正す。

俺たちは変わっていないはず。早穂も会えば楽しそうだし、忙しくてもLINEは必ずくれる。そして——なによりも俺は、早穂とずっと一緒にいたい。

「結婚しよう」

気持ちがそのまま言葉になっていた。

カタンとスマホをテーブルに置いた早穂が、ゆっくりと俺に視線を合わせた。

「それって、プロポーズ？」

「俺と結婚してほしい。早穂を幸せにしたい」

どんな返事が返ってくるのだろう。無意識に呼吸を止めていたらしく、思わず大きく息を吐いてしまった。

「うれしい。でも、想像のプロポーズとはずいぶん違うけど」

「あ……ごめん」

早穂は前から『プロポーズはふたりの思い出の場所でしてほしい』と希望していた。もちろんこの洋菓子店は思い出の場所じゃない。

「なんていうか、その……つい言っちゃったんだ」

しどろもどろになるなんてかっこ悪い。あんなに計画していたのに、なんで勢いで言ってしまったのだろう。

早穂は片方の前髪を耳にかけてから、「まあ」とうなずく。

「守らしいけどね。じゃあ、今のはリハーサルってことでいい？」

「もちろん。本番のときにはもっとこだわるから」

そういう俺に、早穂は背筋をピンと伸ばした。

「じゃあ私も仮で答えるね。答えはイエスだよ」

久しぶりに早穂が白い歯を見せて笑うのを見た気がした。俺もきっと同じように笑っていただろう。

――俺は結婚するんだ。

言葉では言い表しようのない高揚感に包まれる。

早穂がいればなにも怖くない。今、俺はまさに世界一の幸せ者だ。

＊　＊　＊

あの日のことを今でも思い出す。

日曜日の洋菓子店で、俺は世界一幸せ者だった。つい言ってしまったプロポーズ、カップケーキの甘い香り、コーヒーの深い苦み。

何十年経っても思い出せるくらい、記憶に刻まれる春の日になった。

けれど、今は違う。あの絶頂が嘘のように、奈落の底でうずくまっている。暗くてなにも見えない場所にひとり取り残され、なにもかも信じられなくなっている。

「穂崎さん」

呼ばれていることに気づくのと同時に、オフィスのざわめきが一気に押し寄せてきた。隣のデスクから杉浦雅樹《すぎうらまさき》が心配を引っつけた表情を浮かべている。

またぼんやりしていたらしい。ごまかすために、パソコンの画面を見ながら「なに？」とそっけなく尋ねた。

医療機器メーカーであるうちの会社は、本社が横浜《よこはま》にある。各都道府県の半分以上に支社があり、静岡《しずおか》県周智郡森町にあるこのオフィスは静岡支社にあたる。本来なら静岡市内に作りたかったそうだが、前社長の強い希望で実家のある森町が選ばれたそうだ。

杉浦雅樹は、俺の八年後輩の二十五歳。実家は東京にあるらしいが、趣味であるサーフィンをしたくて静岡支社へ応募してきたそうだ。掛川市の海岸近くのアパートに住んでいて、そこから森町にあるこの職場に通っている。

『もちろん面接ではサーフィンのことは伏せましたよ。静岡県の素晴らしいところを羅列して、なんとか内定をもらった感じです』

新入社員歓迎会の席で、そう挨拶していたことを覚えている。

短髪によく似合う焼けた肌。明るい性格で、入社当時から『コミュニケーションおばけ』と呼ばれるほど、同僚だけでなく上司や取引先から人気があるやつだ。

一方俺は真逆で、プライベートを含めて気負わずに話せる人は少ない。

「大丈夫ですか？　またあっちの世界に行ってましたけど」

「あっちの世界ってなんだよ。ちょっと考えごとをしてただけだろ」

軽い口調を意識しても、お腹のなかに黒い塊を感じる。重くてモヤモヤうごめく感情を見ないようにするほど、どんどん大きくなっていくようだ。

「これでも食って元気出してください」

杉浦がデスクの上にキャンデー型に包まれたチョコレートをひとつ置いた。こいつのデスクの引き出しにはお菓子が山のように入れられていて、なにかにつけてそれを渡してくる。

「別に元気がないとは言ってない」

「今日もランチ、パスしたじゃないすか。どんどん痩せていくし仕事中もボーッとしてるし、お世辞にも元気とは言えません」

なんて、ひょうひょうとした顔で言ってくる。

「そんなことより仕事中に菓子を食うな。ほんと杉浦って女子っぽいな」

「それってハラスメントですけど」

「はいはい。セクハラしてすみませんでした」

チョコレートを乱暴に開き口に放り込む。口のなかで転がせば、粘りつくような甘さが広がっていく。

「今のはセクハラじゃなくてジェハラすね。ジェンダーハラスメントの略です。ちなみにハラスメントの種類は五十以上ありまして、年々その数は増えています」

五十以上も？　眉をしかめる俺に、杉浦は人差し指を立てた。

「セクハラ、パワハラ、モラハラとかは有名ですが、最近ではエアーハラスメントや、スイーツハラスメントなんかもあります」

「なんだそれ」

ペットボトルの水で流しても口内がすっきりしてくれないどころか、右奥にある虫歯が痛みを主張しだした。この数カ月、歯科医院に行っていない代償だ。

「エアハラは発言によって場の雰囲気を乱すことで、スイハラは、ダイエット中の女性にスイーツを差し入れる行為のことです」

「なんでもありかよ。だいたい、最初にお前が話しかけてきたからだろ」

右あごに手を当ててしかめっ面で答えた。

話をするのが苦手なことを知っているくせに、杉浦はゲームでもするように俺の言葉を引き出していく。

「おっしゃる通りです。それに僕の発言は、なんでもかんでもハラスメントと結びつけるハラハラというハラスメントにあたります。ハラスメントハラスメントの略なんです」

ニヤリと笑う杉浦をにらみつけてもどこ吹く風。

「生きにくい世の中だ」

「そんなことより」と杉浦が声のトーンを急に落とした。

「彼女さんからの連絡はないままですか？　名前、早穂さんでしたっけ？」

その名前が胸のざわつきを大きくする。

「仕事中にそういう話はしたくない。レンハラだぞ」

元気ぶる自分を遠くから眺めているような感覚だ。心と体がバラバラになってしまった感じ。

「レンハラってなんすか？」

「恋愛ハラスメント」

「それを言うならラブハラです」

杉浦がやっと自分の仕事に戻ってくれたのでホッとした。

俺だって話したくないわけじゃない。本当は誰かに話を聞いてほしかったし、杉浦には一度早穂といるところを見られているので、軽く現状についてぼやいたことがあるのも事実。

でも、これ以上話してしまうと、今置かれている状況が現実だと認めてしまうことになりそうで。

キーボードを打ちながら、仮のプロポーズをしてからのことを思い出す。

最初はなにげないことだった。メッセージの返信が来なくなり、仕事で疲れているのだと思った。

あまりにも返信がないので電話をしたが出てくれなかった。

数日後、やっと届いたメッセージには、

『好きな人ができてしまいました　本当にごめんなさい』

その一文が書かれてあった。

それから俺は――いや、やめよう。

杉浦に言ったように、今は仕事中だ。今日は営業先へ数軒挨拶に行き、その後は直帰する予定。

一方的すぎる別れ話を素直に受け入れることなんてできない。あの日見せた、早穂のうれしそうな笑顔が本物だったと信じたい。

眠れない夜をくり返すのは終わりにしよう。早穂の本当の気持ちをきちんと聞けば、納得できるはず。

そのためにも、俺は行動に移そうと思っている。

飯田橋《いいだばし》を越えたところにある渡辺《わたなべ》歯科医院は、近所ということもあり中学生のころから通っていた。院長の渡辺先生はメガネとヒゲが似合う男性で、昔から同じ顔のまま変わっていない気がする。

「休診日なのにご対応いただきありがとうございます」

靴に履き替えてから頭を下げると、渡辺先生は「いやいや」と相好を崩した。

「木曜日はダラダラしてるだけだし、守くんの役に立てるなら構わないよ。最近、受診の予約をしないから気になってたし」

「ちょっと忙しくて……」

虫歯の治療を途中で止《や》めてしまっている。二度予約をキャンセルし、その後は予約すらしていない。

「営業としてだけじゃなく患者としても来てほしいけどね」

「すみません」

もう一度頭を下げた。

「あ、こら」

渡辺先生が二階へ通じるドアに顔を向けた。長年飼っているミニチュアダックスフントが短い脚でとことこやってきた。

「ニコ、久しぶり」

はちきれんばかりに尻尾をふりながら俺の足元をくるくる回っている。

「診察室に入れないようにしてるのに、スキをついて出てきちゃうんだよ」

この家は一階が歯科医院、二階と三階が住居スペースになっている。ニコは頭をなでられ満足したのか、渡辺先生に怒られないように遠回りしつつ階段をあがっていった。

「まあ、その気になったら連絡して。個別の相談でもいいし」

「はい」

早穂は俺とつき合いだしてからこの歯科医に通うようになった。渡辺先生は、俺たちに起きたことを薄々知っているのかもしれない。いや、プライベートな話はしていないので、ただの推測だが。

「歯科医師会の会合のときに配っておくから」

さっき渡したパンフレットの束を手にする渡辺先生に頭を下げて外に出た。

七月の空は青く、七夕である今夜は珍しく晴れの予報。空のふたりのように会うことはできないだろうが、会う努力ならできるはず。

車に乗り込むと、蒸し暑さが体にまとわりついた。エンジンをかけ、エアコンを全開にして走り出せば、熱が体から引きはがされていくようだ。

天竜浜名湖鉄道と並走する道を走り、早穂の職場がある掛川市を目指す。

あの日、メッセージで告げられた別れ以降、早穂とは連絡が取れていない。LINEのIDも電話番号もメルアドさえも変わってしまい、ひとり暮らしをしていたアパートも引き払われたあとだった。

二カ月前に早穂の職場に連絡をしてみたが、個人情報の関係で詳しく教えてはもらえなかった。

好きな人ができたなんて嘘だ。なにか起きたに違いない。もしくはなにも起きていないが、俺への気持ちが冷めたのかもしれない。

どんな理由であったとしても、一度会って早穂の口から直接聞きたい。

「ストーカーみたいだな……」

自分のつぶやきを消すようにラジオをつけると、大喜利コーナーをやっていた。パーソナリティの笑い声が、俺のみじめな心を癒してくれるようだ。

早穂もラジオが好きだった。

『テレビだとつい見ちゃうでしょう？　その点ラジオなら、家事をしながら聴けるから』

『セノバってとこでこの番組、公開生放送してるんだって。見に行ってみたいな』

『私の投稿が読まれたの。ラジオネームは教えないよ』

どこにいてもなにをしていても、早穂のことを考えてしまう。

フラれてしまったことを受け入れればラクになれるのだろうか……。

みじめな気持ちをふり切るようにアクセルを踏めば、少しだけ気持ちがラクになった気がした。


早穂が勤めている会社は、掛川駅のそばに建つビルの五階だと聞いている。近くの駐車場に車を停め、電話をかけると幸いにも莉子さんが出てくれた。

俺からの入電に驚いていたが『早穂に会わせてほしい』と頼んだところ『行くか

らちょっと待ってて』と、近くのカフェを指定された。

久しぶりに会う莉子さんは、前よりも髪の色も落ち着いていて、テンションも低めだった。初めて会ったときに無愛想にしたことが今さらながら悔やまれる。

「突然すみません。早穂と連絡が取れないんです」

単刀直入に切り出すが、

「ああ……うん」

莉子さんの返答はすぐれない。長い毛先をいじくりながら、俺をチラッと見てから居心地が悪そうに視線をテーブルに逃がしている。

注文したアイスコーヒーが運ばれるのを待ってから、莉子さんは意を決したように口を開いた。

「早穂と別れたのは知ってる。でも、詳しくは教えてもらってなくて」

早穂が相談していたのなら、今どこに住んでいるのか知っているのかもしれない。

「ＬＩＮＥで好きな人ができた、と。それ以来連絡が取れていません。ＩＤとか電話番号も変えてしまったらしく、アパートも解約されていて」

「うん」

「一度だけでいいから会わせてもらえませんか？　なにが起きたのか、本人の口から教えてほしいんです」

いがらっぽい声が出ていることに気づき、ストローも使わずアイスコーヒーを半分ほど一気に飲んだ。

そんな俺を哀れな目で見つめたあと、莉子さんはため息をついた。

「これから話すことは同じ会社で働いていた同僚としてじゃなく、早穂の友人として話すことだから」

「はい」

薄ピンク色の唇をじっと見つめる。

「早穂は退職したの。はっきり言って最低だよ。大きなキャンペーンが控えてることも、クライアントのこともぜんぶほったらかしで、あたしにさえ相談してくれず、ある日突然にね」

「早穂はもう働いてないってことですか？」

引っ越しを知ったときから、うっすら予想していたことだった。

莉子さんは不機嫌そうにうなずいた。

「退職代行業者を使って辞めたんだよ。マジであんな子だとは思わなかった。おかげで毎日残業続きでホント、訴えたいレベル」

「じゃあ、莉子さんも連絡先を知らないんですね」

「大学でこっちに来てからのつき合いだから、あのアパートしか知らない。実家は愛知県にあるらしいけど、もう誰も住んでないんでしょう？　あの子の両親、他界しちゃってるもんね」

「そうですね」

呆然《ぼうぜん》としたまま答えた。わずかな手がかりが消えかけている。

「たしか従兄《いとこ》がいるって聞いたことはあるけど、どこに住んでるのかとか連絡先とかはわかんないし、正直知りたくもない」

本気で怒っているのだろう、乱暴にアイスコーヒーをかき回している。

早穂の父親は早くに亡くなっていて、母親も俺たちがつき合いだしてすぐのころに病死した。親族だけで葬儀を執り行ったと聞いている。なぜあのとき、強引にでも早穂の実家に行かなかったのかが悔やまれる。

「結局、親友だと思ってたのはあたしだけだったのかも」

それは俺も同じだ。恋人から仮にでも婚約者に格上げされたことに浮かれていた。もしもあのときにはすでに冷めていたのなら、なぜプロポーズにうなずいてくれたのだろう。

「ほかに早穂に親しい友だちがいたかとかご存じありませんか？」

「ないない。あの子、マイナス思考なところがあるでしょ。人に気を遣うばっかりで自分の言いたいことは言わないから。面倒な仕事をさんざん押しつけられててかわいそうだった」

デート中にかかってくる電話も、自分の担当以外の件であることも多かった。

「友だちもなるべく作らないようにしてたみたい。交友関係が広がるとそのぶん面倒なことが増えるから。守さんとつき合ってからは、合コンにも誘ってないし」

そう言ったあと、莉子さんが急に口を閉じた。言いかけたことを無理やりストップしたように思え、その表情を注意深く観察した。

「なにか、ご存じなのですね？」

見てわかるくらい莉子さんの体がビクッと跳ねた。まるで舞台女優のようだ。

「あー、なんていうか……心当たりがないわけじゃないんだよね。あたしだけじゃなくて、会社の人みんな知ってることだから、勘違いじゃないと思うんだけど……」

先ほどまでの流ちょうな会話とは違い、しどろもどろで話している。まるで下手な舞台を観ているようだ。

「追い打ちをかけるようなこと、本当は言いたくないんだけどな……」

「どんなことでも教えてください」

むしろ悪いニュースを聞いたほうがあきらめがつくのかもしれない。

指先でストローをしばらくもてあそんだあと、莉子さんは背筋を伸ばした。

「去年、中途採用で入った子がいたの。その子も早穂と同じ日に辞めたんだ。たぶん、早穂と日向《ひゅうが》くん、つき合ってたと思う」

日向――その名前に聞き覚えがある。

たしか去年の秋ごろに早穂から聞いた気がする。

アイスコーヒーのグラスに視線を落とし、あの日の会話を記憶の底から引っ張りだした。

＊　＊　＊

「日向くんが入社してきたんだよ。転職してきたんだって」

金曜日の仕事終わりは、天竜浜名湖鉄道の遠州森駅まで車で早穂を迎えに行くことが多い。

今日もぐったりした顔で駅舎から出てくるのかと思ったら、珍しくニコニコと車に乗り込んできてそう言った。

「日向って？」

「話したことあるじゃない。大学の後輩で同じサークルだった日向くん」

そう言われると大学時代の話になったときに聞いたことがあるような……。

「テニス合宿でやらかした人？」

「そうそう」

シートベルトをつけながら早穂がクスクス笑う。

「ひとりで遊びに出かけちゃって試合の時間に戻ってこられなくってね。しかも、翌日の試合も腹痛でキャンセル。青い顔で帰りの電車に乗ってたんだよ」

エンジンをかけ早穂のアパート近くにあるスーパーへ向かう。外食する場所もあまりないので、最近は早穂の家で夕飯を取ることが多い。

「弟みたいな子でね。少し抜けてるところもあるけど、絶対に嘘をつかないってポリシーがあるんだって。今どき珍しいよね」

スーパーの駐車場についてもまだ早穂は思い出話を止めない。

「なんでその日向ってやつが早穂の会社に？」

「大学を卒業してからは連絡を取ってなかったんだけど、偶然街で莉子が会ったんだって。軽い気持ちで『うちに来ない？』って誘ったみたい。まさか本当に転職してくるとは思わないよね」

ホクホクした横顔に、嫌な感情が生まれる。人間嫌いの早穂がほかの人の話をするのは珍しいし、こんな笑顔で話すことも少ないから。

「でもね」と早穂は首をかしげた。

「うちの会社、ホワイト企業とは言えないから心配だけどね」

「早穂が助けてやらないとな」

そう言うと、早穂は「え？」と目を丸くした。

「私は無理だよ。自分のことで精いっぱい。ていうか、大学のときも私よりも莉子といい感じだったんだよね。たぶん、あのふたりうまくいくと思う」

「へえ」

ホッとした感情をおくびにも出さずに車から降り、スーパーの入口へ向かう。

「待ってよ」

早穂が俺の腕に絡みついてきた。

「ひょっとしてやきもち？」

「まさか。俺たち、結婚するんだし」

　ふん、と胸を張ってみせた。

「プロポーズはまだだけどね」

「わかってるよ。プロポーズは城ヶ平《じょうがたいら》公園で、だろ？　でも今の忙しさだと、結婚式もキャンセルされちゃいそうで怖いな」

「いくら私でもそこまではしません。あと、プロポーズの場所は城ヶ平公園の展望台の上で、だからね」

　そう言うと、早穂はカゴを手にして自動ドアへ進んでいく。

　顔も知らない日向への嫌な感情を入口で捨て、俺は早穂の隣に並んだ。

＊　＊　＊

「織姫と彦星は会えたんですかね」

　ランチのハンバーグをほおばりながら、杉浦が言った。

　今日はふたりで公立森町病院へ契約をしに行った。俺の両親が生まれる前からあり、森町病院前という名前の駅があるほど長い歴史のある病院だ。

次の訪問まで時間があるので、袋井市《ふくろい》にあるファミレスで遅いランチをとっている。杉浦のライスは大盛りだ。

「昨日は七夕だったし、会えたかもな」

俺はハンバーグドリアを注文したが、熱くてほとんど手を出せずにいる。

「じゃあ早穂さんにもきっと会えますよ」

「俺は関係ないだろ。それに仕事中に――」

「今は休憩時間ですから」

そんなことを言う杉浦に、ドリアをあきらめて皿の上にスプーンを置いた。昨日、莉子さんが言っていた日向という男性のことが、雨雲のように心を覆っている。

早穂がその男とふたりで消えたのなら、もう追う必要はない。スッキリあきらめてしまえばいいのに、まだ早穂を信じたい気持ちが勝っている。

「職場を一緒に辞めた男性がいるらしい。同僚の話では秘《ひそ》かにつき合ってたんじゃないかって」

「へえ」

「駆け落ちしたのかも、とも言われた。俺に合わせる顔がなくて消えちゃったのかもな……」

ひどくみじめな気分だ。自嘲するような笑みが勝手にこぼれた。

「信じるんすか?」

ひょいと席を立った杉浦が、質問を残したままドリンクバーへ歩いていく。

寝不足の目をこすり、ドリアを口に運んだ。早穂がいなくなってからどんな食べ物も味が薄い。空気も濁っているし、世界も色が鈍い。

コーラを手に戻って来た杉浦に、

「信じていない。早穂はそんな人間じゃない」

そう言うと、大きくうなずいている。

三年もつき合っているんだから、早穂のことはわかっているつもりだ。

「でも、ぜんぶの顔を知ってるわけじゃないですよね? 穂崎さんに見せていた顔がすべてだとしたら、黙っていなくなった理由もわかるはずです」

「でも――」

「人には見えてない部分ってあるんすよ。いや、見たくなかった穂崎さんのほうが目を逸らせていたのかもしれません」

そう言われて気づいた。たしかにプロポーズを受けてくれたあとから、急にデートのキャンセルが続いた。その挙句の別れのメッセージ。

「杉浦に言われるとそんな気もしてくる」

正直に答えると、杉浦はコーラをひと口飲んだあとずいと体を前に出した。

「ＬＩＮＥでとはいえ別れを告げられたのは事実。それなのに、なんで会いたいんですか？　しかも向こうには新しい相手もいるのに。それってちょっと——いや、かなり危ない人ですよ」

杉浦の言っていることは理解できる。俺も同じことを相談されていたら、『あきらめろ』と言ったかもしれない。

「たしかに知っているつもりで知らなかったこともあるかもしれない。だけど、最後の日まで結婚の話をしてたんだ。それに——いくら鈍感でも、早穂に好きな人がいたら気づくと思う」

本当にそうだろうか？　杉浦にはそう言ったけれど、目を逸らせていた部分もあるのかもしれない。

「ヘンな予想を話してもいいすか？」

杉浦の声に、いつの間にか伏せていた顔をあげた。

「予想？」

「予想っていうか直感ですね。聞いたら穂崎さんの気を悪くするかもしれないんですけど」

なんでもズバズバと口にする杉浦にしては珍しく言い淀《よど》んでいる。

「言ってくれ。かなり参ってるんだよ」

警察にも相談しに行ったことがある。警察官は親身に話を聞いてくれたが、親族ではない俺にできることはなかった。

杉浦は迷うように食べかけのハンバーグをじっと見つめていたが、やがて意を決したように顔をあげた。

「俺の実家、長年猫を飼ってるんすよ」

突然飼い猫の話をされても戸惑うしかない。

「……それで？」

「一匹じゃないすよ。死んじゃったら次の猫を飼うようにしてて、名前は代々『ホームズ』で統一されているんです」

話の意図が見えず、フリーズしたまま杉浦の焼けた肌を見つめる。

「猫って不思議で、自分の死期を悟るといなくなるんですよ。飼い主に迷惑をかけないようにするためじゃなく、防衛本能からくる行動と言われていますけどね」

「それと早穂の話にどう関係が――」

「悪い病気になったんじゃないでしょうか」

　杉浦の言葉に、思わず笑いそうになった。

「いや、それはないだろ」

「そうでしょうか。たとえばプロポーズを受けたあと、余命宣告をされたとしたらどうでしょうか。穂崎さんを悲しませたくないと思っているうちに、どうしようもなくなり別れのメッセージを送ったとか」

　なにも言い返す言葉が出てこなかったのは、思い当たる節があるから。

　早穂はダイエットのため体重を絞っていた。デートのキャンセルの理由に、『体調が悪くて』も何度かあった。顔色をカバーするためにメイクが濃い日もあったし、ため息を呼吸のたびについていたことも。

　もしも余命宣告をされていたとしたら、ショックのあまり失踪したくなったのもうなずける。

「でも、そんなことが……」

　だとしたらなんで俺に相談しなかったんだよ。杉浦の予想が確定したわけでもないのにお腹のあたりが熱くなる。

　俺は、早穂の悩みを聞いてやれていたのか？　答えは否だ。

仕事の愚痴を言うのは俺ばかりで、早穂の話はあまり聞いてやれなかった。聞いたとしても先輩ぶった意見ばかり押しつけていた気がする。

「まさか……入院してるとか？」

「可能性はありますが、余命宣告された人全員が入院して死期を待つわけじゃありません。それに探そうとしても個人情報の管理が厳しいので教えてもらうことも不可能です」

じゃあ、どうすりゃいいんだよ。

頭を抱えたくなる俺に、杉浦が「あの」と珍しく気弱な声を出した。

「『終着駅の伝説』って知ってますか？」

「いや」

こんがらがる頭でそう答えた。伝説ってあの伝説のことだろうか。

「『会いたい人のことを考えて天竜浜名湖鉄道の列車に乗り、終着駅である掛川駅まで行けばその人が待っていてくれる』ってやつです」

そんな話はどうでもいい。早穂が病気かもしれない、という悪い予感がどんどん現実に侵食してくるようで……。

「俺の従妹《いとこ》に未来って名前の高校生がいるんですよ。昔から仲良くって、さすがに今じゃあんまり会わないんすけど」

　なにを言おうとしているのかわからない。

「春に祖母の葬儀で久しぶりに会えたんですよ。そのときにあいつ、真剣な顔で言ったんです。『あの伝説は本当のことだった。亡くなる前のおばあちゃんに会えたんだよ』って」

「え……」

「俺だって信じてるわけじゃないですけど、そういう不思議なこともあるのかもって。早穂さんの行方がわからないのなら、穂崎さんも一度くらい――」

「もういい」と、話の途中で強引に遮った。こわばっている声を意識して和らげ、遅れて表情も緩めた。

「悪いけど、そういう空想話をする気分じゃない」

「……すみません」

　やっと冷めたドリアを口に運んでから、首を横にふる。

「怒ってるわけじゃないし、心配してくれてありがたいと思ってる。でも、伝説にすがるのはもう少し先にする」

　悪い病気になったなんて嘘に決まっている。

やっぱり味のないドリアをたいらげている間、杉浦はスマホでゲームをしていた。俺の置かれている現状もゲームだったらいいのに。それなら、指先ひとつで三カ月前のセーブ地点に戻れるのにな。

＊　＊　＊

仮のプロポーズのあと、車のなかでトランクに入れておいた式場のパンフレットを見せた。渡すなり、助手席で早穂は食い入るようにパンフレットを眺めている。

「営業先の近くに式場があったからもらっておいた」

「うん」

その横顔を見て、俺もいよいよ結婚をするんだと誇らしげな気持ちになった。早穂がいればなにも怖くない。なんで三年もかかったんだろう、と過去の自分を責めたくなるくらいの幸福感に包まれている。

「意外に式場が広いんだね。私、友だち少ないからな……」

「小さい式場もあるってさ。それに、別にここじゃなくてもいいし、なんなら親族だけで挙げてもいい」

ホッとしたようにうなずいた早穂が、パンフレットを封筒のなかにしまった。

「結婚って急に近くなるんだね」

「どういうこと？」

「このままずっとつき合っていくのかなって思っていたから、急展開にビックリしてるの」

片手を胸に当てる早穂に、午後の光がサラサラと注いでいる。その横顔があまりに美しく見え、意味もなくシートに座り直した。

「さっきのは仮のプロポーズだろ？　今度きちんとするよ」

「楽しみにしてる。プロポーズの場所だけど——」

「城ヶ平公園の展望台で、だろ？」

「そうそう。ちゃんと覚えてくれてるんだね」

初めてのデートで行った太田川桜堤の先にある山道をのぼると、天方《あまがた》城跡である城ヶ平公園がある。歩くと大変だけど、車で行っても道幅はかなり狭い。

公園の奥にある展望台が早穂のお気に入りの場所だった。

眼下に桜並木が見え、その向こうには森町が広がる。天気のいい日は浜松市にあるアクトタワーという高いビルまで見えた。

「結婚したらマンションを買うっていう計画も変わってないんだよね？」

なぜか声を潜めて早穂が聞いてきた。

「このへんに建設予定のマンションはないから、早穂の職場の近くでもいいよ」

そう言うと、早穂はなぜか「ああ」とため息をついた。

「結婚を機に仕事を辞めちゃおうって思ってたけど、無理そうだね」

「ローンがはじまるからなあ」

「……うん」

沈んだ声に聞こえ早穂に目を向けると、えくぼが見えたのでホッとした。

「中古のマンションだとあとあとが大変だし、新しいマンションのほうが住みやすいと思うんだ。だから、しばらくは共稼ぎでお願いしたい」

「わかった。私もがんばらなきゃね」

それから俺たちはまだ見ぬ未来について話し合った。

早穂はこれから職場へ行かなくてはならないので、アパートに着くとすぐに車を降りた。

「またね」

そう言って自分の車に乗り換える早穂。

その日以来、会えなくなるなんて思ってもいなかった。

＊　＊　＊

歯科医院が苦手なのは昔から。虫歯ができやすい体質で、子供のころから親に言われて渋々通っていた。

大人になってからも通っていることが恥ずかしいのがひとつ、一度通うとなかなか終われないのがふたつ、早穂がいなくなってからはそれどころじゃなかったことがみっつ。

いろんな理由をつけて避けてきたけれど、奥歯の痛みは日々強くなっている。家で考え込んでいるよりはマシだと思い昨日の夕刻に電話を入れた。

土曜日は午前中のみの診療で、電話に出た歯科衛生士からは予約でいっぱいだと言われたけれど、すぐに渡辺先生から連絡があり早朝に診てもらえることとなった。

治療を終えると歯科衛生士さんは「口をゆすいでください」と左に置かれたカップを指さし、朝の準備に戻った。

「虫歯、痛いだろ？　痛み止め出しておこうか？」

ゴム手袋を外しながら渡辺先生が尋ねた。

「お願いします」

治療を中断していた虫歯は、ついに神経にまで達しているとのこと。しばらくは通うことになりそうだ。

「今日はどこかへ行くの？」

「いえ。別に予定もありませんから、家で寝てるつもりです」

「もったいない。若い人はどこにでも行けるんだから、いろいろ出かけてみないと」

「そうですね」

と言いながら、ふと杉浦に聞いた話を思い出した。渡辺先生なら、あの伝説のことを知っているかもしれない。

「あの、ヘンな質問していいですか？」

「いいよ」

椅子に腰をおろす渡辺先生に、「あの」とくり返した。

「『終着駅の伝説』ってご存じですか？」

先日、杉浦に聞いたあとネットで調べてみたけれど、それについての情報はどこにもなかった。早穂と同じく俺にも親しい友人がいないので、チャンスがあれば誰かに聞いてみたいと思っていた。

渡辺先生は「ああ」と目を細めた。

「掛川駅のことだよね？」

「え、知ってるんですか？」

するんと肯定の言葉が出たことに驚きすぎて、思わず体を起こしていた。

「昔から伝わる伝説だけど、今の若い子は知らないだろうなあ。会いたい人のことを思って天浜線で掛川駅へ行けば、その人に会えるかもしれないってやつで――」

「そうです！」

言葉の途中で遮ってしまい、向こうにいた歯科衛生士さんがなにごとかと目を丸くしている。

「あ……すみません。伝説の話なのに熱くなってしまいました」

恥ずかしさに顔が熱くなる。そんな俺に渡辺先生は軽く首をかしげた。

「本当に伝説だと思う？」

メガネ越しの目が俺に問うている。

「……違うんですか？」

が、渡辺先生は「どうだろうね」とカルテになにか書き出した。

「実際に体験した人は知らないし、そんな人がたくさんいたら伝説とは呼ばれないだろうから」

「そう、ですよね」

杉浦の親戚の子は体験したと言っていた。つまり、伝説じゃなかったということになる。

「最近の守くん、元気ないから心配してたんだ。もし、会いたい人がいるなら試してみるのもいいんじゃないかな」

「まさか、そこまではしませんよ」

無理して笑っても、つき合いの長い渡辺先生には見抜かれているだろう。案の定、渡辺先生は見透かしたような目をしている。

「『終着駅の伝説』では、お互いに『会いたい』と思っていないと会うことができないらしい」

早穂は俺に会いたいと思ってくれているのだろうか。

黙り込む俺に、渡辺先生が「まあ」と肩をすくめた。

「伝説のことは置いておいて、たまには天浜線に乗ってのんびり自分と対話してみるのもいいかもよ」

会計を済ませて外に出ると、霧みたいな雨が降っていた。

これじゃあ列車に乗っても美しい風景は見えないだろう。

そんなことを思いながら、俺は駅への道を選んでいた。


砂利の駐車場に車を停め、カサも差さず駅へ向かう。霧雨にけぶる駅舎を見て、無意識に足を止めていた。金曜の夜は、早穂を迎えにここに来ていた。今にも駅舎から早穂が笑いながら出てきそうな気がして。

雨に濡《ぬ》れていることに気づき、早足で駅舎に入り自動券売所で掛川駅までの切符を買った。

早穂に会いたいがために伝説まで信じるなんて、俺はなにをやってるんだろう。

「早穂……」

いくら考えたって迷路に迷い込んだようなもの。名前をくり返し呼ぶだけじゃ、伝説は現実のことにはならない。

ホームの向こうに雨が音もなく降っている。目を凝らさないと見えないほどの雨の向こうから列車が姿を現した。

渡辺先生が言うように、のんびり列車に乗ってみるのもいいかもしれない。

数人の客が乗り込んだあと、俺も乗車した。左手にあるふたり掛けのシートの窓側に座ると、すぐに列車は動き出す。

土曜日ということで家族連れやカップル、部活に向かうと思われる学生のグループが楽しげに話している。

早穂と出会う前の俺にはなんにもなかった。人と話すのが苦手だし、プライベートで出会うことにも億劫《おっくう》になっていた。

けれど早穂に出会った瞬間、俺のなかにあった常識は音を立てて崩れた。いや、弾《はじ》けたというほうが近いかもしれない。

初めてのデートでは太田川へ桜を見に出かけた。思ったよりも人が多く、臨時の駐車場から桜並木までは結構歩くこととなった。

俺と同じように早穂も周りに気を遣うタイプ。

『大丈夫ですか？』『疲れていませんか？』

お互いに声を掛け合いすぎていることに気づき大笑いしたっけ。

あんなメッセージだけでいなくなる人じゃない。俺が知っている早穂はもっと誠実で人のことを想える人だ。

だとすると、杉浦の言っていたように悪い病気になった可能性が高い。ひとりで死の淵《ふち》にいるのだとしたら、なんとしてでも会って助けたい。違う、助けられたいのは俺のほうだ。

周りではしゃぐ乗客がうらやましい。早穂と話がしたい。

雨は激しさを増し、窓ガラスに水滴がぶつかってはくだけていく。

目を閉じて早穂のことだけを考えた。

結婚を意識していたのに、踏み出す勇気が俺にはなかった。式場だってパンフレット止まりで、婚約指輪の話もしてこなかった。

早穂の仕事が忙しそうだから、という理由を盾に新しい一歩を踏み出せずにいた。

「早穂……」

今、君はどこにいるのだろう。居場所がわかるのなら、世界中のどこにだって駆けつけるのに。

窓の外に見える太田川、新東名高速道路や工業団地にまで早穂との思い出は染みついている。

どれくらい考えていたのだろう。いや、ひょっとしたら眠ってしまっていたのかもしれない。

気づくと、終着駅である掛川駅へ到着していた。開いたドアから雨の音が侵入してくる。あんなにいた乗客は途中で降りてしまったらしく、誰もいない。

ホームへ降りると、改札口のほうから若い駅員が歩いてきた。下車が遅れたことを恥じながら通り過ぎようとしたとき、彼は頭を下げた。

「このたびは、『思い出列車』へのご乗車ありがとうございます」

まさか話しかけられるとは思っていなかったので、思わず体を固くしていた。

「すみません。今、なんと？」

こんなときにも営業マンの仮面をつけて笑う自分が情けなくなる。

駅員は外にいることが多い仕事だろうに、目の前の彼は透けそうなほど白い肌の持ち主だった。やわらかな髪が七月の風に揺れている。

「『思い出列車』です。大切な人との記憶を思い出せましたか？」

なにを言ってるのだろう。眉を顰《ひそ》める俺を気にする様子もなく、駅員はニコニコしている。

天竜浜名湖鉄道ではコラボ列車がよく走っている。そういうタイトルのアニメがあり、今乗ってきたのがイベント列車だったのかもしれない。

「二つの塔と書いて二塔と申します。よろしくお願いいたします」

丁寧に頭を下げる駅員。糸のように細い髪が揺れるのを見て、俺も慌てて頭を下げる。

おそらく新入社員かなにかで、乗客に話しかけるように言われているのかも。さすがに自己紹介はしないが。

「どうも……」

ごにょごにょと口のなかで言い、再び歩き出そうとしたときだった。

「思い出と向き合うことはできましたか？」

まるで天気の話でもするような朗らかな口調で二塔さんが言った。

「え、あの……」

「思い出と向き合うことができたなら、大切な人に会いたいと願いながら改札を抜けてください」

線路に音を立ててぶつかる雨の音が、思考を邪魔している。ホームの屋根からもはじける雨音が響いている。

「そうすれば……早穂に会えるのですか？」

俺はなにを言っているのだろう。二塔さんが早穂を知っているわけもないのに。

が、彼は柔らかい空気をまといながらほほ笑んだ。

「相手も同じ気持ちであれば会えます」

「……早穂がここに？」

改札口に目を向けるのと同時に、足が勝手に動き出していた。

「改札口は思い出の場所へつながっています」

二塔さんの声に雨音が重なった。

信じるとか信じないとか、どうでもいい。

失って初めて気づいたんだ。早穂のいない世界で生きていくことがどれほどつらいかを。

会いたい。早穂に会いたい。

改札口を抜けると同時に、駅舎のなかにいるのに強い風が吹きつけてきて思わず目をつむった。テレビの電源を切るように、雨音が遮断された。

目を開けると、そこには信じられない光景が広がっていた。

「嘘だろ……」

桜が――満開の桜が視界に飛び込んできた。ここは、太田川の桜並木だ。

堤防の両端から豊かな花が手を伸ばし合うように、桜のトンネルを形成している。

花びらがヒラヒラと風に舞い、右側には太田川の流れるせせらぎが――。

これは……夢なのだろうか。

ふり向いても改札口はなく、同じように桜並木が続いている。

瞬間移動をしたとしても夏に桜が咲くことはありえないし、人っ子ひとりいないのはおかしい。さっきまで鉛色だった空も青色に塗り替えられている。

これが……『終着駅の伝説』なのか？

震える手で、近くにある桜の木に触れてみる。ゴツゴツとした幹の感触がたしかにある。夢を見ているわけじゃない、現実の世界だ。

「早穂……」

伝説が本当なら、ここに早穂がいるはず。

けれど、薄ピンクの道が続いているだけで、早穂の姿は見当たらない。

桜のトンネルのなかを歩きだす。すぐに早足へと変わり、駆けだしていた。

「早穂。早穂！」

桜を見る余裕もなく必死で走る先に、誰かが立っているのが見えた。堤防の真んなかに立っているのは——早穂だった。

「早穂！」

必死でその名前を呼びながら走った。お気に入りの白いシャツに柿色のロングスカートを身に着けた早穂が、俺を見てほほ笑んでいる。

勢いのまま早穂を抱きしめた。

「ああ、早穂。ここにいたんだ……。よかった。よかった……」

壊れるほど抱きしめる。もう離さない、離さない、二度とどこへも行かせない。

涙でぐしゃぐしゃになった顔を、右手で拭いながら体を離す。

「守、来てくれたんだね」

「当たり前だろ。なんで、なんで……」

嗚咽が漏れて言葉にならない。

「心配かけてごめんね」

「どうなってんだよ。なんでいなくなったんだよ。なんでメール……」

言葉が続かない。聞きたいことはたくさんあるのに、やっと会えたことがうれしくて涙があとからあとからあふれてくる。

早穂がスカートからピンク色のハンカチを取り出し渡してくれた。目に当てると早穂の香りがした。

「黙っていなくなってごめんね。でも、そうするしかなかったの」

早穂が歩きだしたので慌てて横に並ぶ。左手を握るが、すぐ解かれてしまう。

「莉子から聞いたでしょう？　私が好きになった人のことを」

目を伏せた早穂。風に躍る髪が、早穂の心の動揺を表わしている気がした。

「聞いた。日向ってヤツだろ？　前に後輩だって言ってたよな」

「そうだよ。申し訳ないけど、好きになったの。私たちはもう終わったんだよ」

もう一度手を握り、強引に体をこっちに向けさせた。

「嘘だ。早穂はそんなことしない」

「守に見せていない私もいるの。本当の私は冷たくて醜くて、ひどい人。前に日向くんが転職してきたって話したでしょう？　そのときから気持ちは彼に移ってしまったの。日向くんも同じ気持ちだと知って、ふたりで引っ越すことにしたの」

何度もこのセリフを練習したのだろう。スラスラと話したあと、早穂はホッとしたように息を吐いた。

三年もつき合ってきたんだ。嘘をついていることくらいわかるよ。

「まだ早穂の知らない部分はあるかもしれない。でも、そんなことが本当にあったら、早穂なら話してくれると思う」

「だから守には見せていない部分があるんだよ」

髪を耳にかけた早穂が挑むような目を向けてきた。そのときになって気づくいた。最後に見たときはもっとやせていたのに、目の前にいる早穂は少しふっくらしている。

「早穂もまだ俺のぜんぶを知らない。俺は意外にしつこいんだ」

「ストーカーみたいだね」

「でも、あの伝説が本当に起きているのだとすれば、早穂も俺に会いたかったはず。だから、こうして会えたんだよ」

これまでも、何度かケンカをしたことはある。早穂は自分が劣勢になると、下唇を少し突き出してすねた顔になるクセがあった。今、まさにそんな顔をしている。

「最後に謝りたかったから……。そうしないと、守、前に進めないと思ったの」

あとづけの理由だとすぐにわかる。

「早穂。どうしても伝えたいことがある」

早穂の目をじっと見つめるが逸らされてしまう。

「お願いだからプロポーズはしないで」

「しないよ。ここは城ヶ平公園じゃないから」

　両手を握っても早穂は拒否することなく、ただうつむいている。

「『終着駅の伝説』は、死の運命にある人にもう一度会えるというものだろ？　同僚は早穂が悪い病気じゃないかって推測してた」

「……もしそうならどうする？」

　つぶやくように言う早穂に大きく首を横にふってみせる。

「俺も最初はそうじゃないかと思った。余命を宣告された早穂は、日向ってやつを好きになったことにして、俺の前から姿を消した。つじつまは合うが、それは早穂らしくない」

「私らしい、ってなに？　守はやっぱりわかってないよ」

　ふりほどこうとする手に力を込めた。

「だって早穂はいつも一生懸命だったから。仕事に追われてても、同僚に仕事を押しつけられても必死でがんばってた。悪い病気が発覚したとしても、早穂なら逃げずに戦ったと思う」

　うつむく早穂がどんな表情をしているのかわからない。

「俺のせいなんだ。早穂の言うように、俺はちっとも理解してなかった」

「違う。守のせいじゃないよ」

厭々《いやいや》をするように早穂が首を横にふった。

「仮のプロポーズをOKしてもらってから、俺はずっと浮かれていた。早穂がどんなに追い詰められているのか知ろうともしなかった」

「……やめて」

「言葉だけの『無理するな』とか『がんばれ』だけで、許容量を超えた日々でいることに——」

「やめて！」

悲鳴のような声をあげ、その場に早穂がしゃがみ込んだ。

コップに水が目いっぱい入っているような状態。そんな早穂に俺はプロポーズをした。きっと早穂は本当にうれしいと思ってくれた。

そんな早穂に、俺はなにを言った？　マンションを買うことやローンのこと、仕事を続けてもらうこと。

ぜんぶ、俺が勝手に決めたことを早穂に押しつけてしまった。

表面張力を失った水はあふれるどころか、コップごと割れてしまったんだ……。

片膝をついて早穂の肩を両手でつかんだ。

「私が悪いの。私がちゃんとできないから……。誰にでも合わせるから、こんなふうに……」

ボロボロと涙を流す早穂の姿がぼやけた。

俺はなにをやっているんだ。幸せにしたいたったひとりの人を苦しめていたなんて。しかも、そのことに失ってから気づくなんて。

「病院へは行ったの？」

「……え？」

「早穂は心の病気になったんだよ。仕事や俺のことで苦しんで、どうしようもなくなり逃げるしかなかった」

初めて聞く言葉のように、早穂は目を大きく開いている。

「……行ってない」

「今は実家にいるの？」

軽くうなずくと、早穂はやっと俺を見てくれた。

「……なにもわからなくなってしまったの。自分がしてしまったことが怖くて、毎日泣いてばかりで……」

あまりに厳しい仕事に耐えかねて、早穂の心が逃げることを選んだ。偶然辞めた日向という人とつき合っていることにして、実家へ戻った。心配されるよりもうらまれるほうがマシだと思ったのだろう。

そうさせたのは、まぎれもなく俺だ。

「莉子さんに口裏を合わせてもらったんだね？」

「うん。莉子にはただ『守と別れたい』って……」

だとしたらあの反応もうなずける。本当に連絡が取れなくなり、彼女もそうとう焦っているのだろう。

「早穂、一緒に病院へ行こう」

「平気だよ。ちゃんと治ったら守に謝りに行こうと思ってたから」

きっと本気でそう信じているのだろう。心の病気になった人は、自分の症状に気づかないまま衰弱していくことがある。

「ダメだ。このままだと早穂は自分でも気づかないうちに死を選んでしまう。『終着駅の伝説』は、死の運命にある人と再会できるという奇跡だから」

「私が……自殺するっていうこと？」

うなずく俺に、早穂は信じられないように唇を震わせた。

「そんなこと……しない。それに、今さら戻れないよ。だって、私……最低なことをした。仕事からも守からも逃げたんだよ」

大粒の涙を頬にこぼしながら、早穂は心の声を言葉にしてくれた。

神様は乗り越えられない試練を人に与えない。でも今回の試練は、神様からの試練じゃない。仕事や俺が無意識に与えていた試練だったんだ。

「逃げて正解だったんだよ。俺は――今日までの俺は、早穂を守ることができなかったから」

名前負けもいいところだ。いちばん大切な人を追い詰めていたなんて、情けなくて涙が止まらない。

「でも、これからは違う。早穂の心が元気になるまでそばにいるから。だからどこへも行かないでほしい」

「わからない。これは……夢なの？」

体を小さくする早穂がくしゃくしゃな顔で泣いている。

「早穂がいないとダメなんだ。早穂がいないと生きている意味がないんだよ。だからどうか、もう一度だけチャンスをください」

届くだろうか、俺の想いが。

しばらくうつむいたあと、早穂はようやく顔をあげたくれた。頬の涙に太陽の光が反射している。

「ああ、そっか」と、安堵《あんど》したように早穂がつぶやいた。

「私、死のうとしてたんだね。自分じゃ気づかなかった」

立ちあがる早穂の体を支えた。実際の早穂はきっとこの姿よりも痩せてしまっているのだろう。

「俺は情けない男だけど、早穂のことを守るって約束する」

「その守るっての、ジェハラだよ。私だって強くなって守のことを守りたいって思ってるよ」

やっと見せてくれた笑みに、今度は俺のほうが崩れそうになる。

「じゃあお互いを守りながら生きていこう」

仕事なんてどうだっていい。早穂が生きてさえいてくれればそれでいいんだ。

「実家の住所教えてなかったよね？　迎えに来てくれる？」

「もちろん。すぐに行くって約束する」

車を取りに戻る時間も惜しい。このまま新幹線で愛知へ向かうつもりだ。

うれしそうに笑った早穂が、桜に目を向けた。

「今年は桜を見に行けなかったね」

「今、見てるから大丈夫だよ」

早穂が左手を差し出してくれた。その手を握りしめ、俺たちは音もなく散りゆく桜を見た。

桜のトンネルが、俺たちの未来を祝福してくれている気がした。


城ヶ平公園の展望台を訪れるのは今年になり三回目。前回来たときよりも、少しだけ風の温度に春を感じる。

「見て見て。桜並木がすごくキレイ」

早穂の指さす先に、太田川と薄ピンク色に染まる桜並木が見える。

「ほんとだ。あ、すみません」

桜の満開時期ということもあり、展望台には家族連れが数組いた。邪魔にならないよう、はしっこへ移動する。

手すりに両腕を載せた早穂が、

「不思議だね」

と、口にした。それだけでなにが言いたいのかわかってしまう。

「去年の夏に桜を見たなんてな」

「ほんと。今でも、あれは夢じゃないかと思うもん」

今日までの日々を思い出すと、ホッとすると同時に苦みのようなものも感じる。

精神科に受診し、服薬治療やカウンセリングを受ける間、何度も早穂は不安定になった。今だってたまに思い出し、自分を責める日もあるが、少しずつ穏やかな毎日を過ごせるようになっている。一度壊れた心を戻すのは難しいけれど、今度こそ大切な人を支えていくと心に誓っている。

仕事も結婚もどうでもいい。ただ早穂が生きていてくれればいい。そのことに気づかせてくれた『終着駅の伝説』には心から感謝している。

太陽がこの街を照らしている。この景色を一緒に見ているという奇跡を大切にしたい。

「ねえ」と早穂が俺を見た。

「この場所は私たちの思い出の場所だよね？」

「もちろん」

「じゃあ、いつになったらプロポーズしてくれるの？」

早穂の言葉に、隣に立っていた夫婦が目を丸くしている。

「来るたびに期待してたんだけど、ちっとも守、言ってくれないんだもん」

「いや、それは……」

先週、主治医から説明があった。早穂の病状は安定していて、今回処方された薬を最後に経過観察に入るそうだ。今後は三カ月に一度の受診をし、状態がよければ間隔を長くしていくことを。

「先に言っておくとね、結婚したら苗字《みょうじ》が変わっちゃうでしょう？　それが少しだけ嫌だったんだ」

「え？」

「だって、守の苗字って穂崎だから。穂崎早穂って上から読んでも下から読んでも同じだし、漢字も重複してるし」

明るい表情の早穂を見ていると俺の心に温度が灯《とも》る。

「俺が婿養子に入ってもいいよ。道井守、ってのも悪くない」

真面目に答えたつもりなのに、

「冗談だって。穂崎早穂、ってしっくりくるもん」

慌てたように早穂は言った。そして、俺たちは同じタイミングで笑う。

頼りない俺だけど、この笑顔を守っていきたい。同じように早穂にも守られたい。
ジャケットに隠している指輪にそっと手を伸ばしてから口を開く。
――君と生きていく証《あかし》を今、言葉にするよ。
春の風が応援してくれるように俺たちを包み込んでいる。

第三話　帰る場所はひとつ

磐野亜紀《いわのあき》（二十一歳）

大森《おおもり》駅で列車を降りると、懐かしい香りがした。

天竜浜名湖鉄道の大森駅は無人駅で、小さな駅舎以外なにもない。湖西《こさい》市という名前の通り浜名湖の西側にある小さな駅。駅前にビルやマンションといった高い建物はなく、少し離れた場所にぽつぽつと住宅が並んでいる。

私が産まれた地であり、高校卒業とともに逃げ出した地。二度と戻らないと誓ったはずの場所に戻ってきてしまった。口のなかに広がる苦みをペットボトルのお茶で流し込むが、すっかり常温に戻ってしまっている。

さっきの香りはなんだろう。鼻をクンクンと動かしても、もう懐かしさはどこにもない。数年ぶりの帰省だからノスタルジーを感じただけなのかもしれない。

トランクを手にぼんやりしていると、向こうから白色の軽トラックがやってきた。田舎町にお似合いのゆったりした速さの軽トラックが、私の横で停車した。

「よう。久しぶりだな」

運転席から顔を覗かせたのは、鈴木青哉《すずきあおや》。高校を卒業後、父親の農園を手伝っていて、全身日焼けで真っ黒だ。野球部だった青哉は引退とともに髪を伸ばしていた記憶があるけれど、また丸坊主に戻ってしまっている。

「迎えに来てくれてありがとう。アオに会うのも久しぶりだね」

「お前が同窓会に来なかったからだろ」

青哉が私のトランクを荷台へ運んでくれたので、助手席に乗り込むと土のにおいがした。

運転席に戻ると、青哉はマジマジと私を眺めた。

「にしても亜紀、一年ちょっとですげえ変わったな。やっぱ東京って都会なわけ？」

何度言っても青哉は私が東京に住んでいると思い込んでいる。実際に住んでいたのは神奈川だけど、あえて訂正する必要もないだろう。

「これくらい普通だって」

「いやいや、二十歳とは思えないくらい大人っぽいし。あ、もう二十一か」

青哉は茶色のつなぎ服を着ていて、足元には長靴を履いている。改めて青哉を見ると、髪型は同じでも顔つきはもうすっかり大人だ。いや、おじさんっぽい。

「青哉こそすっかり落ち着いちゃって」

「それ、結婚してからよく言われる」

「私より年上に見えるよ。いい意味でだけど」

「いい意味ってなんだよ。どうせ俺は老け顔だし」

アクセルを踏みながら青哉は苦笑している。

人と話すときは、明るくてにこやかな私を意識する。物心がついたころからなので、自然に違う自分を演じられている。

車のエンジン音より大きく、セミの大合唱が耳に届いている。

まばらな住宅地を抜け、オレンジロードと呼ばれている片側一車線の道を進んでいく。左右に広がるのは畑や田んぼばかり。

「ハルはどう？」

青哉の口元がふにゃっと緩んだ。

「久しぶりにそのあだ名を聞いたわ。悠香《はるか》のことをハルって呼ぶのって亜紀くらいだよな。悠香のばあちゃんも同じく『ハル』って呼ばれてたから、あいつそのあだ名嫌がってたっけ。まあ、ばあちゃんは亡くなったけど」

「親友だけの特権だからね」

悠香からはおばあさんが亡くなったことは聞いていた。

青哉がハンドルを切り、フロントガラスの向こうに青空が大きく広がった。

「ハルの体調は落ち着いた？」

「出産してすぐのころは具合いが悪かったけど、最近は調子いいみたい」

私と悠香は小学生のころからの友だち。高校一年生のときに青哉とつき合いだした悠香は、卒業して一年も経たないうちに結婚をし、先月出産までした。

今回帰省することを伝えたところ、車の運転ができない悠香に代わり青哉が迎えに来てくれることになった。

「子どもの名前、なんだっけ？」

「悠哉《はるや》。めっちゃ小さいのにびっくりするほど大声で泣くんだぜ。もう毎日寝不足で大変」

ちっとも大変じゃなさそうに青哉は目じりを下げている。あまりにも早い結婚と出産に驚いたけれど、ふたりが幸せそうでホッとした。

「なんか不思議。友だちふたりが結婚したなんて」

「こういうのってタイミングだからさ。亜紀も考えてみたら……って、そもそもの相手がいないか」

「うるさい。ひょっとしたらいるかもしれないでしょ」

苦笑しながらツッコむ私を、どこか遠くで見ている感じ。本当は結婚なんて一ミリも興味がないことを知ったら、青哉は驚くだろうな。

「ひょっとしたら、って言ってる時点でいないことを白状してるようなもんだ。都会に住んでるんだし出会いは多いだろうに」

「まあ、そうだね」

「会社で気になっている人とかいないの？」

「いるようないないような。忙しくてそれどころじゃないし」

いつも誰かに話を合わせてしまう。そんな自分が嫌になるけれど、昔からのクセは今も直らない。

「ごめん。ちっともクーラー効かねえ。窓開けていいよ」

今どきハンドルを回して窓を開閉するタイプの車は珍しい。

「ちょうどいいくらいだから大丈夫だよ。クーラー、苦手なんだよね」

「悠香が言ってたけど、ほかのやつらと連絡取ってないんだろ？」

この質問は、聞かれるだろうと覚悟をしていた。

「そうなんだよね。スマホ変えちゃったら連絡先がわからなくなっちゃった」

「俺も悠香に教えてもらうまで前の番号のまんまだと思ってたし。どうりでクラスのLINEグループにいないわけだ」

「ごめんごめん。そのうちまた入るよ」

スマホを変えてもアプリのIDなどは引き継ぐことができる。そうしなかったのは、私の意志だ。クラスのみんなとなにかあったわけじゃないけれど、ここを出るタイミングでリセットしたかった。

今思えば、自分から孤独になろうとしていた気がする。

「高校を卒業して二年半くらい？　あっという間だよね。仕事はうまくいってる？」

話題の転換を試みるけれど、

「クラスのやつら、うちの農園にたまに来るよ」

あっけなくもとの話に戻されてしまった。

「青哉の農園ってセロリを作ってるんだっけ？」

「ほかにもキャベツとか白菜とか芋とか」

「ふうん」

オレンジロードの道沿いに、田舎にはふさわしくない大きな建物が見えてきた。屋上に設置されている看板に『湖西第二病院』と書かれてある。

湖西市には総合病院がひとつしかなかったが、今年の春に新しくこの病院が開設された。

「思ってたより大きい病院だね。湖西病院より大きく見える」

「もっと駅前に作ればいいのによ。なんでこんな場所に作ったんだろう、ってみんな言ってる」

「バスが出てるんだよね？」

「すげえクレームが来たみたいで、苦肉の策で路線を作ったらしい。ＪＲの駅からはそれなりに出てるけど、天浜線の駅からは一時間に一本あるかないかってレベル」

「そうなんだ。でも、バスがあるだけ感謝だね」

駐車場に車を停めた青哉が、フロントガラスの向こうにそびえ立つ病院をまぶしそうに見あげた。

「誰の見舞い？」

「親戚のおばさん。戻ってる間くらいはお見舞いに来なきゃ怒られちゃう」

おどける私に、青哉は「へえ」と肩をすくめた。

「農園から遠くないから、言ってくれれば送り迎えするよ」

「親と行くから平気。それよりトランクだけお願いね」

青哉にはトランクを実家に持って行ってもらうことになっている。

「まかせとけ。おじさんとおばさん、めっちゃ楽しみにしてた。じゃ、また悠香から連絡させるから」

久しぶりの再会はあっさりと終わり、青哉は車を発進させる。荷台のサイドに『鈴木農園』の文字が印刷されていることに、そのときになって初めて気づいた。

ひとりになるといつもホッとする。青哉の車が見えなくなるのを確認してからバッグから封筒を取り出した。『紹介状』と印刷されている文字に、胃のあたりが鋭く痛んだ。

うつ病だと診断され、傷病休暇中であることは誰にも言っていない。言えるはずがない。家族にも悠香や青哉にも、長い夏休みを取ったことにしてある。

自動ドアからなかに入るとクーラーの風が気持ちいい。

受付で紹介状を渡すと、愛想のいい看護師が問診票を渡してきた。この数年、いろんな病院に通っているからこういうことには慣れている。

混んでいる待合室の端っこに座り、カルテにペンを走らせる。

症状の欄には、「眠れない」「頭がボーッとする」「やる気が出ない」「食欲がない」など、半分以上の項目にマルをつけた。

最初は自分が病気だとは夢にも思っていなかった。半年前に上司から、『受診したほうがいい』と進言され、そのときですら自覚症状はなかった。睡眠導入剤や安定剤の種類が変わるごとに、どんどん症状が重くなり、ついに朝起きることができなくなった。

帰省することだって、上役たちが半ば強引に決めたこと。私はただの疲れだと信じている。

……受診したってなにも変わらないのに。

「来月はついに結婚式かあ」

男性の声に、ハッと我に返った。ひとつ隣のソファに座る男性が言ったらしい。

「声が大きいって」

男性の横に座る女性が注意するが、その表情は晴れやかだ。三十代くらいのカップルで、モノトーンの服がよく似合っている。

「一生に一度だしさ。籍を入れたとはいえ、式はまた別だからさ。毎日ドキドキが止まんないだよ」

「気持ちはわかるけど、ここ病院だから」

シッと人差し指を唇に当てた女性は薄いメイクでかわいらしい印象。気合いを入れまくった自分のメイクが恥ずかしくなる。

またここでも結婚の話か……。

どうしてみんな結婚をするのだろう。どんなに愛を誓ったって、そんなものは錯覚だ。たった数年つき合った人と一緒に暮らしたってうまくいきっこない。うちの両親みたいに悲惨な結末を迎えるだけ。

「でも」と女性のほうが目尻を下げた。

「ちょっと遠いけど、この病院に変わって正解だったね」

「先生との相性ってあるもんな。それより、式のあとなんだけどさ――」

幸せそうな話はもうたくさん。急いで問診票を書き終え、受付の女性スタッフに渡しにいく。

「ありがとうございます。受付番号をお出ししますのでこのままお待ちください」

「わかりました」

「番号札三十三番でお会計をお待ちのお客様」

受付の女性はさっきから同じ番号を呼び続けている。

反応がないことにあきらめたのか、女性は素早くパソコンを叩いた。モニターに『穂崎早穂様』という名前が表示された。

「お名前で呼ばせていただきます。穂崎早穂様」

すると、さっきの女性が先生に指されたときみたいにすばやく立ちあがった。

「はい。すみません」

顔を真っ赤にして駆けてきた女性がバッグから財布を取り出した。

穂崎早穂――ほさきさほ。上から読んでも下から読んでも同じ名前だ。籍を入れたと言ってたから、結婚してアナグラムな名前になったのだろう。

幸せそうな横顔を見て思う。

やっぱり結婚なんてろくなもんじゃない。


帰りは病院から出ているバスに乗車した。バスといっても、知っている路線バスとは違い、乗り合いのワゴン車だった。

大森駅へ戻りながら、セミの声から逃れたくてワイヤレスイヤホンを耳につけた。

就職したころによく聞いていたお気に入りのプレイリストを再生しても、頭を素通りしていくだけ。胸に響くどころか、雑音のように耳に届く。音楽を止め、耳栓として使うことにした。

新しい主治医は『気長に様子を見ましょう』と言っていたけれど、ここに長く居るつもりはない。早く神奈川に戻り、仕事に復帰しなければ。

そもそも『うつ病』という診断が間違っている。

仕事が忙しすぎて体が疲れているだけ。寝不足なのも食欲がないのも、実家でしばらく休んでいればよくなるはず。今日の受診だって、傷病手当の申請に必要だから仕方なくしただけ。

「ああ」

ため息がこぼれる。

この数週間は会社の寮に引きこもりっぱなしだった。寮で療養することも選択できたけど、イヤミばかりの上司は実家に戻ることを勧めてきた。

『俺も若いときにうつ病を発症したことがあるけど、ひとりでいるのはよくないと思うから』

私のことなんてなにも知らないくせに、彼は自慢げに進言してきた。そして、いつの間にか決定事項として社内で広まっていった。

傷病休暇は三カ月間。次の受診で元気な姿を見せれば、繰りあげて復帰することができるはず。

それまでの期間、実家にいなくてはならないのは厳しい。就職して以来一度も帰っていなかったし、電話の折り返しもほとんどしていない。

バスを降りて実家と反対方向へ歩きだす。

まだ家に戻るには早すぎる。受診が長引いたことにして、しばらくこのへんで時間をつぶそう。

とはいえ、大森駅周辺に時間をつぶせる店はない。困っているとスマホが震えた。

画面には悠香からのLINEメッセージが表示されている。

【お見舞いは済んだ？　家に戻りたくないならつき合うよ】

さすがは元親友。連絡もあまり返さなかったのに、なにも言わなくてもわかってくれている。

【助かる　つき合って】

【ちょうど散歩してるとこ　大森公園にいるよ】

大森公園という名前の公園はない。大森駅からいちばん近いベンチがあるだけの空き地にその名前をつけ、高校の帰りに悠香と話をするのが常だった。

当時から私は家に帰りたくなかったんだな……。


【二分で行く】


歩きだしてすぐ、目の前の遮断機が下りた。線路を震わせ、列車が大森駅へ入ってくる。

金髪に近い髪色の女子が降りてきた。夏というのに全身黒色の服で、短いスカートからは白い足が見えている。ホームの上から線路を渡る私を見下ろす女子。その顔に見覚えがある。

「え……小結実《こゆみ》？」

妹の小結実とは全然顔が違うのに、気がつけば尋ねてしまっていた。

こんな濃いメイクをするような子じゃないし、髪の色も前とは違う。そしてなによりも違うのは、長いまつげが載った瞳。

ふたつの瞳がまるで嫌なものでも見たかのようににらんでくる。

「なんでここにいるの？」

責めるように——いや、実際に責めているのだろう、小結実の口がそう動いた。

まさかこんなところで妹に会うなんて思ってもいなかった。

線路を渡り、ホームのはしに駆け寄る。

「すごく変わったね。全然違うからわからなかった」

愛想笑いを浮かべることには慣れている。けれど、小結実は呆れた表情のまま舌打ちをした。

「なんでここにいるの、って聞いてんだけど」

「あ……正祥《まさよし》さんと瑞代《みずよ》さんから聞いてない？　しばらく戻ってきたの」

「今さら？」

鼻でため息をつき、小結実はホームの向こうへ消えた。

駅の裏手に回ると小結実のうしろ姿が見えた。ふり返ることなく、歩いていく。

ずいぶん背が伸びたけれど内またで歩く癖は変わらない。

六歳年下の中学三年生。今日は学校があるはずなのに、なんであんな恰好をしているのだろう。追いかけて尋ねたところで冷たい態度と言葉が返ってくるのは目に見えている。

公園へ続く道を歩きだしても胸の鼓動がどんどん速くなる。

『私だって戻ってきたくなんてなかった』

あと少しで小結実に言ってしまうところだった。

重い気持ちを助長するように、さっきまで晴れていた空に黒い雲が広がりはじめている。


久しぶりに会った悠香は、あまりにも変わっていた。

自慢だったロングの髪は短くなり、うしろでひとつに縛っている。盛ることに命をかけていたのに、メイクすらしていない。そしてなによりも驚いたのは、肌がこんがりと焼けていること。

私の視線に気づいたのか、悠香が自分の腕を見て笑う。

「畑を手伝ってるとどうしても焼けちゃうんだよね。日焼け止めなんてちっとも効かないんだよ」

「やっぱり農園って大変なんだね」

「もっと楽だと思ってたのに、いいように使われてる。青哉の親はやさしいけど、ふたりとも腰が悪いからさ。こっちは出産したばっかりっていうのに、動かざるを得ないわけ」

ボヤきながらも幸せそうな横顔が、さっき病院で見たカップルと重なる。

私が最後にこんなふうに笑えたのは、いつのことだろう。

「で、亜紀こそ大丈夫なの？」

腰を折り悠香が私の顔を覗き込んできた。

「なにが？」

「夏休みなんて嘘でしょ。就職してからまとまった休みなんて取ってないじゃん」

「あ、まあ……ね」

悠香は昔から私のつく嘘を一瞬で見抜いてしまう。高校のときも強がるたびに同じ顔をされてきた。

「誰にも言わないでよ」と前置きしてから、会社を休んでいることを伝えた。心配させたくないので、病名は伏せておくことにした。

少し眠れないだけ。ボーッとするだけ。やる気が出ないだけ。食欲がないだけ。

オブラートに包めば、なんでもないことのように思えた。

「やっぱりね」と悠香が探偵みたいにあごに手を当てた。

「ネットで調べたけど、亜紀の会社ってかなりブラックみたいだよ。離職率が見たこともないくらい高いし」

「それはよく聞く。入ってもすぐに辞めちゃうし、最近じゃ数人が同じタイミングでいなくなったりするの。人員補充が間に合わなくてさ……」

そこまで言ってから口を閉じた。マイナスな感情が言葉や態度に出ないように気をつけているのに、悠香の前だとどうしても素が出がちだ。

「でもまあがんばるしかないよね。少し休んだら戻るつもりだから」

今だって私の代わりにがんばってくれている人がいる。上司は嫌な人だけど、同僚にこれ以上負担をかけたくない。

「亜紀は昔から頑張り屋さんだもんね。心が疲れちゃったんだよ」

「体は疲れてるけど、心についてはよくわかんない」

このベンチで悠香と話をするのは何年ぶりのことだろう。誰の前でも明るく演じてしまう私が素直になれる唯一の相手が悠香だった。

悠香と青哉がつき合ったころから関係性が変わり、私は都会へ行くことを、悠香は結婚することを選んだ。

別に悪いことじゃない。こうして会えば、昔みたいに話せるのだから。

「おじさんとおばさんに思いっきり甘えなよ。ふたりも亜紀がいなくなってさみしがってるよ」

「あ……うん」

歯切れが悪い返事をしてから、「まあ」と言葉を追加した。

「正祥さんも瑞代さんも本当にいい人たちだよ。私と小結実を本当の子どもみたいに育ててくれたし」

正祥さんと瑞代さんは私の本当の両親ではない。

本当の両親が離婚したのは私が六歳のときで、小結実はまだ生まれたてだった。記憶のなかのふたりは絶えず言い争っていて、お互いの粗を探すゲームをしているようだった。毎日怒鳴り合う声が響き、近所の人の通報により警察官が来たこともあった。

父親の顔は忘れた。もともと子ども好きじゃなかったし、やさしくされたのはよほど機嫌のよいときだけだった。それも、すぐに飽きて『あっちに行ってろ』と邪険にされた。

だから母親から『離婚する』と聞いたときにホッとした。父親は家を出てすぐに事故で亡くなったと聞いている。

別に悲しくなかった。母親は『バチが当たったのよ』とヤニで黄色く染まった歯を見せて笑っていた。

これでビクビクせずにすむ。これからは親子三人仲良く暮らしていけるんだ。

狭いアパートの部屋だって平気だった。けれど、それも長くは続かなかった。

浜松駅前のスナックで働きだした母親は、日に日に派手になっていった。私が学校から帰ってくると、小結実を託し仕事に出かけた。始発で帰ってくることも増えた。

そして、私が八歳のときに数万円を置いて家を出て行ってしまった。

すぐに帰って来ると思っていた。小結実を置いていけないので学校を休んで、母親の帰りをふたりで待っていた。

心配して見に来てくれた先生により警察に通報され、私たちは保護された。

それっきり母親には会っていない。捨てられたと理解できたのは、ずいぶんあとになってのことだった。

瑞代さんは母親の姉に当たる人。アパートで泣きじゃくる私たちが発見されて以降、今の家に引き取り育ててくれた。

「結局、本当の親だと亜紀が認めてないいんだろうね」

声のトーンを落とす悠香に、まるで責められているような気分になる。

「そんなこと——」

「そんなことある。昔から亜紀は『早く家を出たい』ってそればっかだったじゃん。ふたりに遠慮しながら生活するのがつらかったんじゃない？」

「それは……ある。家を出れば少しは楽になると思ってた」

素直に答える私に、悠香はゆっくりとうなずいた。

「今は療養中なんでしょ？　こんなときくらい、素直になって甘えなさい」

言っていることはわかる。そうしなきゃいけないとも思っている。

でも、そうすることで本当の母親を裏切るような罪悪感が昔からあった。

「ハルってあいかわらず意地悪だね」

「お褒めの言葉をありがとう」

せめてもの反抗を試みても、悠香は澄ました顔をしている。

背もたれにもたれると、あまりにも広い空が目に入る。戻ってきた、という感慨深さと、戻ってきてしまった、という後悔が混じり合っている。

あっちでもいつも空ばかり見ていた。ビルに侵された空も美しかったけれど、この空とはやっぱり違う。

「あの伝説の話、覚えてる？」

前を向いたまま悠香が尋ねた。

「伝説？　ああ、『終着駅の伝説』のこと？」

「そうそう。『思い出列車』に乗って、会えない人に会いたいと心から願えば終着駅で会うことができる、っていう伝説」

「覚えてるよ。ふたりで一度チャレンジしたもんね」

中学二年生のときにクラスで『終着駅の伝説』の話が広まった。

当時、ミツキという女優の大ファンだった私たちは、彼女に会いたい一心でこの噂話に飛びついた。もちろん会えずじまいだったが。

胸に懐かしい温度が灯った気がした。

「列車に乗っている時間、すごく楽しかったなあ。ミツキのことを考えなくちゃいけないのに、ハルはほかの話ばっかりしてた」

「亜紀だってゲラゲラ笑ってたくせに。あれじゃあ会えるはずない」

都会での日々に忙殺されても、あの日の記憶だけはキラキラと輝く宝石のように残っている。悠香も覚えていてくれたことがうれしかった。

「ねえ」と悠香が言いにくそうに口を開いた。

「あの伝説が本当のことだとしたら、どうする？」

「は？」

私を見る悠香の目は真剣だった。

「『終着駅の伝説』は本当にあるんだよ」

「ちょ……マジで言ってんの？　うちら、うまくいかなかったじゃん」

「あれはミツキのことを考えていなかったから。あと、相手も自分たちに会いたいって思ってくれてないとダメだから、そもそも会うのは不可能だった」

「え……どうしちゃったの？」

本気で言っているんだとわかる。同時にセミの声がスッと遠ざかった気がした。

しばらく黙ってから、悠香は私に視線を合わせた。

「本当のお母さんに会いたいんでしょう？　だったらもう一度信じてみたらどうかな、って」

ポカンとしているうちに、悠香はベンチから立ちあがる。

「なんてね。ちょっと言ってみただけ」

クスクス笑うと、悠香は自分の家のほうへ目を向けた。

「そろそろ戻らなきゃ。お義母《かあ》さんに悠哉のこと任せてきちゃったから」

「あ、うん」

セミがまた騒がしく鳴いている。

「今度はうちに遊びにきてよ。嫌ならここで待ち合わせでもいいし」

「うん」

セミの声がうるさくて、悠香の声がうまく聞こえない。

「じゃあね」

昔みたいに軽く手をあげ、悠香は家路につく。

悠香は私が家に戻りたくないことを知っている。だから、実際に起こりもしない伝説の話をしたのだろう。

本当の母親のことは思い出したりしない。忘れた、という意味ではなく、常に頭のなかにいるから、思い出すという行為をしないという意味だ。

子どもという存在は、無条件で親から愛されると信じていた。なにかの事情でやむを得なく私たちを手放すしかなかったに違いないと思っていた。実際、瑞代さんに聞いたときも、そのように説明された気がする。

一度だけ、母親からの電話を受けたことがある。引き取られて数日後の午後、家の電話が夏を割るくらいの音量で鳴った。

正祥さんと瑞代さんは、私たちを引き取るための申請の残りがあるらしく、小結実を連れて市役所へ出かけていた。

『なんだ、そっちにいたんだ』

母親は開口一番そう言った。

『施設に行けばよかったのに。てかさ、捜索願いさっさと取り下げるように言っといてよ』

涸《か》れたと思っていた涙が洪水みたいにあふれた。何度も尋ねた。

「いつ迎えにくるの?」「家に帰りたい」「ねえ、早く来て」

泣きじゃくりながら耳を澄ませたけれど、母親は無言のままだった。セミの声に消されないように強く受話器を握りしめた。

『ヘンな期待させるほうがかわいそうだから言っとく。あんたは自分の運命を受け入れて生きていくしかないんだよ。結局、人間はひとりぼっちなんだからさ。姉さんたちがいるだけマシだと思いな』

それが最後に聞いた母親の声だった。

意味がわからずに、何度も住んでいたアパートに行った。ポストに突っ込まれたダイレクトメールの束、閉ざされたドア。気がつけば夏は過ぎ、秋を越えて雪が降っていた。

泣きじゃくる私を見つけた瑞代さんは、いつも「ごめんね」と自分が悪いわけでもないのに謝りながら強く抱きしめてくれた。

それでも気がつけばアパートの部屋の前に立っていた。母親が手すりにもたれてタバコを吸っている姿を期待しては裏切られてを何度もくり返した。

『冗談だよ』と黄色い歯を見せて笑ってくれるって信じてた。

引き取られて二カ月後、アパートの部屋には見知らぬ親子が住んでいた。

そのときになって、やっと理解した。

もう、会えないんだって。

それ以来、顔や声を忘れないようにくり返し確認しながら生きている。

愛なんかじゃない。憎しみの感情が母親の記憶を手放すことを拒否している。ヘドロのように体に残る憎しみを、いつか母親に思いっきりぶつけてやりたい。

あのころに伝説のことを知ったなら、迷わず試していただろう。

でも、私も二十一歳になった。ありもしない伝説を信じるほど子どもじゃないし、母親に感情をぶつける日は永遠にこないこともわかっている。

ため息をついてから、家のほうへ歩きだす。重りでもついたみたいに足がうまく動かない。

夏の空は悲し過ぎるほどに青い。

二階建ての古い家、それが私の育った場所。周りにほかの家はなく、正祥さんの畑の真んなかにぽつんと建っている。

この家に引き取られたときは、あまりにも空が大きくて不安だった。こんななにもない場所だと、母親が見つけられないいんじゃないかと心配もした。

玄関のドアを開けたとたん、瑞代さんが泣きながら廊下を駆けてきた。

「お帰りなさい。ああ、亜紀ちゃんに会えた。またキレイになったわね。髪の毛もすごくキレイ」

花柄のハンカチで目じりを押さえる瑞代さん。五十歳を過ぎているのに、小柄な瑞代さんは少女のようなイメージのまま。涙もろいところも変わっていない。

「ほら入って入って。正祥さんも、もうすぐ畑から帰ってくるから。すごく楽しみにしてたのよ。トランクは亜紀ちゃんの部屋の前に置いておいたからね」

「あ、うん」

「亜紀ちゃんに会えてうれしい。今日はね、亜紀ちゃんの好きな唐揚げを――」

小走りにキッチンに戻ってしまったので最後のほうは聞き取れなかった。瑞代さんは、昔から天然っぽいところがある。

靴箱の上には、私と小結実の写真が所狭しと飾られている。引き取られてすぐに出かけた浜名湖パルパルという遊園地で撮った写真。もうこのころには、作り笑顔を身につけていたらしく、ぎこちないながらも白い歯を見せて笑っている。

中学の入学式の写真、高校の卒業式の写真。家を出る日に庭で撮った家族写真も飾ってある。

キッチンは前よりも古ぼけて見えた。リビングには昔からあるソファと、前よりも大きくなったテレビがあるだけ。

「棚はどこにいったの？」

いそいそと麦茶を淹《い》れながら、「ああ」と瑞代さんが笑った。

「正祥さんが終活に凝っててね。『断捨離するんだ』って張り切ってるのよ。ミニマリストになりたいんですって」

「へえ」

「なんでもかんでも捨てたがって困ってるの。あ、でも亜紀ちゃんの部屋はいじってないからね」

正祥さんは凝り性なところがあった。私が中学生のころはＤＩＹに凝り、棚やウッドデッキなどを土日のたびに作っていた。

「しばらくはいられるのよね？　もし時間があるなら、みんなでどこかに行かない？　浜名湖パルパルでもいいし、浜名湖で遊覧船に乗るのもいいわよね」

テンションがあがっているらしく、勢いよく渡された麦茶がグラスのなかで波打っている。ひとつに結んだ髪には白いものが目立ち、よく見ると目じりもシワだらけ。見てはいけない気がして目を逸らす。

「小結実は？」

「さっき帰ってきたところ。最近は部屋にいることが多いのよ」

二階にある小結実の部屋あたりを瑞代さんは見つめた。

「さっき見かけたけど金髪になってた。服も派手だったしメイクも。ひょっとして、学校サボってるの？」

瑞代さんは開いた右手を横にふった。

「いつもじゃなくて、たまになのよ。ほら、年ごろの子ってみんなそうじゃない？　無理して行かせちゃかわいそうだからそっとしてるの」

母親には怒鳴られてばかりいたけれど、瑞代さんから叱られたという記憶はない。

住んでいたアパートに戻ったときも、やさしく抱きしめてくれた。

小結実には本当の母親の記憶はないらしく、ふたりのことも素直に『お父さんお母さん』と呼んでいる。昔からわがままだった小結実のことだから、好き勝手に今も過ごしているのだろう。

玄関のドアが開く音がして、床をきしませる音が続く。

「おお、亜紀ちゃん」

相好を崩した正祥さんが飛び込んできた。

瑞代さんよりも五歳上の正祥さんは、髪の毛はさみしくなったけれど日に焼けているせいで若々しく見える。

「やっとかめやから、ちゃっと仕事片づけてきたわ。こんきいら？　横になりん」

――久しぶりだから、さっと仕事を片づけてきた。疲れただろ？　横になりなよ。

湖西市の人は遠州弁と東三河《みかわ》弁が混じった言葉を話す。といっても、若い人はあまり使わないし、この家では正祥さんだけが方言バリバリだ。

「青哉に病院に送ってもらったんだら？」

「あ、うん。友だちのお見舞いにね」

用意しておいた嘘をつくが、正祥さんはなぜか不機嫌そうに腕を組んだ。

「あんな場所に病院作りやがってやっきりこくやー。だもんで、俺は湖西病院しか行かないことにしてるんやて」

「やっきりこく、って久しぶりに聞いた。『腹が立つ』だよね？」

「やっきりこくの意味は、やっきりこくだら？」

きょとんとする正祥さんに思わず笑ってしまった。

ふたりにも帰省の理由は教えていない。まとまった休みが取れたことにしているが、最低でも一カ月はいることになるのでそのうち話さざるを得ないだろう。

「しかしまあ、亜紀ちゃんは、ますます美人さんになったなあ。すっかり見違えて……まさか整形をしたとかじゃないだら？」

「正祥さん、先に手を洗って」

瑞代さんが呆《あき》れ顔で注意すると、正祥さんはいそいそと洗面所へ向かった。

「デリカシーがなくてごめんね。あの人、口が達者すぎていつも損してるけど、根はいい人なのよ」

知ってるよ。そうじゃなきゃ、妻の妹の子どもなんて引き取らないもの。

口にはせずほほ笑んでみせた。

瑞代さんは必要以上に神奈川での生活について聞いてこなかった。正祥さんがくり出す質問攻撃からもかばってくれた。昔から叱ることも尋ねることも必要以上にしない人。

きしむ階段をのぼると、手前に小結実の部屋があり、その奥にある私の部屋の前にはトランクが置かれてあった。

「小結実」

ドアをノックしても返事がない。きっとヘッドフォンをつけてパソコンでゲームでもしてるのだろう。

『なんでここにいるの？』

さっき言われた言葉を思い出し、また気持ちが重くなる。しつこくするのは逆効果だろう。

私の部屋はあのころのままだった。机の上に並ぶ本も、壁の時計もなにもかもそのままで、ベッドシーツだけが新しくなっている。

トランクを開けるのはあとにしてベッドに横になった。

「ちゃんとしなきゃ……」

真っ白い天井につぶやく。

正祥さんと瑞代さんは、神奈川で就職するときも応援してくれた。向こうにいるときも時折電話や手紙をくれた。

本当の母親の記憶がなければよかった。それなら本当の親のように思えたのに。一定の距離を保つことに必死だったあのころ。悠香の言うように素直になれたらどんなにラクだっただろう。

結局私は、そんな自分に疲れてこの場所から逃げ出したんだ。それなのにまたここに戻ってきてしまった。

情けない自分を変えたいのに、どんどん悪いほうへ向かっている気がしている。

この家には母親の写真は一枚もない。瑞代さんたちに気を遣ったわけじゃなく、捨てられたことを理解した日にぜんぶ捨てた。

『あの伝説が本当のことだとしたら、どうする？』

悠香の声が聞こえた気がした。

ポケットからスマホを取り出し、ネットで『終着駅の伝説』を検索することにした。『終着駅の伝説』という言葉ではヒットせず、画面に表示されているのは小説やドラマのタイトルばかり。

「やっぱり噂なのかな……」

高校生のころに母親の消息を調べたことがある。けれど、どんなに探しても見つけることはできなかった。

もう一度会いたい。会って、心の奥に溜《た》まった膿《うみ》をぶつけてやりたい。

それができれば、この鬱々とした気持ちを青空に戻せる気がしている。


「捨てるもののリストを作っただに」

夕飯のときに正祥さんは手書きのノートを渡してきた。正祥さんらしい力強い文字がびっしり並んでいる。

「正祥さん」

たしなめる瑞代さんを無視して、正祥さんはごつい指先をノートに置いた。

「まずは廊下の絵。あんなもの誰も見とらん。あとはトイレに置いてるドライフラワーとかバーバーバーなんとか」

「ハーバリウムのこと?」

「それそれ。プレゼントしてくれた仲田《なかだ》さんの奥さんは亡くなってるし、なかの水も濁ってるし。あとはCDも捨てることにしたんやて」

「え、あれは大事なコレクションでしょう?」

正祥さんの部屋には大きな棚があり、そこにはいろんなCDがジャンル別に並んでいた。私も子供のころはよく借りて聞いていた。

「CDプレイヤーが壊れたもんで、持っててもしようがない」

「えー、もったいなくない?」

ショップ並みにたくさんあるCDのなかには、今では高額で取引されているものもあると聞いている。

「そうなのよ」と瑞代さんがうなずく。

「六十歳になるまでにぜんぶ捨てるって聞かないのよ。亜紀ちゃんからもなんか言ってやってちょうだい」

「今は昔の音楽も流行《はや》ってるし、サブスクにない曲もたくさんあるんだから取っておいたほうがいいよ」

唐揚げの味つけが懐かしい。瑞代さんはいつもショウガをふんだんに使い、隠し味に味噌を使っていた。

あのころのように少しずつ会話することができている。

「まるさら捨てるって決めたもんで」

かたくなな態度を崩さずにビールを飲み干す正祥さん。昔から一度決めたことは徹底してやるタイプだった。

「せめて売りに行けば？」

いい提案だと思ったのに、正祥さんは「ダメだ」と首を横にふった。

「あのCDは俺がアーティストを応援するために買ったんだ。売りに行けば二束三文で買い叩かれて業者が得するだけだ」

「でも、新しいファンが増えるかも」

「そんなのキレイごとやて。アーティストに一銭も入らないし、それは俺の主義に反する」

正祥さんが「な」と小結実に同意を求めるが、まるで無視。うつむいたまま食事を進めている。

改めて見ると、小結実はずいぶん大きくなった。もう中三だから当たり前か。比例するように、愛想もずいぶん悪くなっている。

Tシャツとハーフパンツの部屋着に着替えているが、メイクはそのまま。テーブルに置いたスマホから目を離さない。

正祥さんは気にすることなく、二本目の缶ビールを開けた。

「とにかく余計なものは捨てる。人生なにが起きるかわからないから、残された人が困らないようにせんとな」

「終活だね」

「亜紀ちゃんや小結実ちゃんのものは触らないからあんきにな。問題は瑞代の私物の多さやて」

あんきにと言う言葉は『気楽に』という意味だ。

「私は捨てるつもりはないって何度も言ってるでしょ。自分の断捨離だけすればいいじゃない」

「こういうのは夫婦揃《そろ》ってやることだら」

ふたりの掛け合いを見るのも久しぶりだ。まるでゲームのように楽しんで会話をしているのが伝わってくる。

「ウザ」

小結実の声がすぐ耳元で聞こえた気がした。

見ると、スマホに視線を落としたまま、

「マジでウザい」

小結実は吐き捨てるように言った。

「そうよね。終活なんて暗い話、食事のときにすることじゃないわよね」

瑞代さんのフォローもむなしく、わざと音を立て小結実は箸を置いた。

「捨てるんなら、玄関の写真にしたら。あんなのいらないし、恥ずかしいんだよね」

「小結実」

思わず声をかけると、小結実は鋭い目でにらみ返してきた。その瞳が、母親のそれと重なり心臓が大きく跳ねた。

「ウザいのはお父さんじゃなくて、お姉ちゃんのことだよ」

「……私？」

「勝手に家を出ておいて、なんで平気な顔で戻ってこれんの？　そんな瘦せて、青い顔で。どうせ病気にでもなったんでしょ」

作り笑いが固まるのを感じた。否定すればいいのに、喉にフタをされたみたいに言葉が出てこない。

「まあまあ」と正祥さんが冗談っぽく言った。

「せっかく帰ってきたんだし、家族水入らずでいいじゃないか」

「なんで平気な顔で受け入れてるわけ？　あたしはお姉ちゃんのこと、家族だなんて思ってないから」

そう言うと小結実はキッチンから出て行ってしまった。怒りを含んだ足音が遠ざかっていく。

「ごめんなさいね。ちょっと反抗期みたいなの」

「瑞代さんが謝ることじゃないよ。小結実がそう言いたくなる気持ちもわかるし」

半分は本当で半分は嘘だった。

小結実のことを心配していたのに、この街から出たい一心で強引に決めてしまったのは事実だ。神奈川で就職することを伝えた日から、ろくにしゃべってくれなくなったけれど、まさかそこまで嫌われていたとは……。

あのときの決断は間違いじゃない。今だって少しの期間、戻っただけで、元気になったらすぐに復職するつもり。

自分に言い聞かせても、小結実の言葉が呪いの言葉のように胸をざわつかせる。

「写真は捨てないぞ。なんだったらもっと増やしてやる」

ガハハと正祥さんが笑った。

私が戻ったせいでぎこちなくなってしまった。昔から自分のせいで誰かが不機嫌になる気がしていた。母親もそうだった。家に帰ると、ため息で迎えられることが多かった。

何年経っても母親のことが常に頭にある。悪霊のように離れてくれない。

「じゃあ、成人式の写真も入れてもらおうかな」

そんなことを言う自分を、遠くから見ているような気分だった。

瑞代さんと洗い物をしている間に、正祥さんはテーブルに突っ伏して寝てしまった。豪快ないびきの横に、小結実が残した食事がラップに包んで置いてある。

「年々お酒に弱くなっててね。でも今日は亜紀ちゃんに会えてよっぽどうれしかったのね。いつもより酔うのが早かったわ」

「あ、うん」

とだけ答え、食器棚に皿をしまった。

「今日は疲れたでしょう?」

冷蔵庫からペットボトルのお茶を取り出し、瑞代さんが渡してくれた。

「そんなことないよ。さっき少しだけ寝ちゃったし」

ふごーとひときわ大きないびきがして、瑞代さんと顔を見合わせ笑った。

「庭で少しだけお話しない？」

「うん」

リビングの窓の向こうには、正祥さん手製のウッドデッキがある。蚊取り線香に火をつけると瑞代さんは腰をおろした。隣に座ると、庭の向こうからカエルの大合唱が聞こえた。

七月のぬるい風が額に当たる。空にはすごい速さで雲が流れていて、満月に近い形の月が見え隠れしている。

昔からここに座るのが好きだった。家を出ることを決めた日も、ここで瑞代さんと話をした。

「突然帰ってきてごめんね」

「なに言ってるの。自分の家なんだからいつでも帰ってくればいいんだから」

そう言ったあと、瑞代さんが迷うように「あのね」と口を開いた。

「答えたくなければいいんだけど、体のほうは大丈夫なの？」

「……平気だよ」

瑞代さんはペットボトルのお茶をひと口飲んでから、前を向いた。

「実はね……亜紀ちゃんに言ってなかったことがあるの。先月、亜紀ちゃんの上司の方からお電話いただいたの」

「え？」

「傷病手当を支給することになったので、実家のほうで様子を見てほしいって。でも、こっちから呼び寄せるのも嫌だろうから、連絡が来るのを待ってたのよ」

ふたりは病気のことを知っていたんだ……。

「たいしたことじゃなくって……少し疲れてるだけだから。でも……黙っててごめんなさい」

「私こそごめんなさい。正祥さんが電話を取ってね、あんまりにも電話口で怒鳴るもんだから私に代わってもらったの」

きっと上司の言い方に逆上したのだろう。あの上司は上役にはへつらうけれど、部下である私たちには辛辣過ぎる言葉ばかり投げてきたから。会社を休みがちになったときも、電話口でため息ばかり聞かされた。

私が就職してからもたくさんのスタッフが辞めていった。なかには突然来なくなったり、退職代行業者を使ったりするスタッフもいて、そのたび上司は電話口で怒鳴っていた。

あの声を思い出すと胸がざわざわと不安になる。

「こんなこと言っていいのかわからないけど……」

瑞代さんは口ごもってから、意を決したように顔を向けてきた。

「亜紀ちゃんの上司は悪い人ね」

「え?」

想像もしていなかった言葉に驚いてしまう。

「上司は部下を守るのが仕事でしょう? それなのに、まるで亜紀ちゃんが勝手に病気になったみたいな言い方をするのよ。『お母さんからも一日でも早く復職するように言ってください』なんて、普通は言わないよね。亜紀ちゃんが戻れなくなると困るから黙って聞いておいたけど、最低だと思うの」

真面目な顔で言うから思わず笑ってしまった。

「あ、ごめんなさい。亜紀ちゃんの会社の人のことを悪く言っちゃった」

「私ができてないだけなの。だからがんばらなくちゃって思ってる」

何度もくじけそうになるたびにそう言い聞かせてきた。まだ入社して数年なのに、気づけば同期はみんな辞めてしまっていて、周りにいるのは後輩ばかり。

しっかりしなくちゃと焦るほどに、空回りしている自覚はずっとあった。

『あんたは自分の運命を受け入れて生きていくしかないんだよ。結局、人間はひとりぼっちなんだからさ』

母親の声が聞こえた気がした。逃れられない呪縛のように、あの日から何万回と脳裏で再生され続けている。

「昔から亜紀ちゃんはいつも自分を責めてきたよね。でも、もう終わりにしてもいいんじゃないかな」

まるで世間話でもするみたいに、瑞代さんは軽い口調で言った。

「終わり？」

「ここに戻ってきてほしい、っていう意味じゃないからね。亜紀ちゃんの人生は亜紀ちゃんのものだから自由に決めてほしい。だけど、自分を削るような生き方だけはしてほしくないの」

そう言ったあと、瑞代さんは「ダメね」と笑った。

「亜紀ちゃんを応援したいのに、こんなことしか言えない」

無意識に握りしめていたペットボトルを床に置き、見えるように首を横にふった。

「瑞代さんの言葉、ちゃんと伝わったよ。でも、あの職場以外に私がいられる場所なんてないと思う」

叱られても怒鳴られても、私は一生懸命やるしかない。もう二度と見放されたくないから。捨てられたくないから。

「私がダメだから、迷惑をかけるから……。いつも誰かを怒らせてしまうの。そんな自分を変えたくてもその方法がわからない」

母親は私たちを捨てたあと、少しでも思い出してくれたのだろうか。私がもう少しいい子だったら、そばに置いてくれたのだろうか。

この自問に答えがほしい。どんな冷たい答えだってかまわない。それ以上にえぐる言葉を母親に投げつけてやりたい。

……でも、今の私になにが言える？　母親が言ったことは当たっている。自分の運命を受け入れなかったから、こんな歳になっても上手に生きることができない。

ふいに手に重みを感じた。瑞代さんが両手を私の手に重ねていた。

「そんなこと絶対にない。亜紀ちゃんは変わらなくていいの」

「でも変わらないと生きていけない。そうじゃないと、きっとまた捨てられ――」

ハッとして口を閉じてももう遅い。こんなこと言うつもりじゃなかったのに……。

「ごめんなさい」

ゆがんだ声に顔をあげると、瑞代さんの瞳に涙が浮かんでいた。

「亜紀ちゃんがそう思ってしまうのは、きっと亜結美《あゆみ》のせいでもあるし私のせいでもあるの」

瑞代さんは引き取って以来、母親の名前を口にしなかった。私もアパートに戻れないことを悟ってからは口を閉ざしてきた。

「どうして……？」

「亜結美も亜紀ちゃんの上司と同じ。悪いのは自分以外のぜんぶだと決めつけるような子だった。離婚も、引っ越しも、あなたたちを置いて出て行くのも、正当なことだと主張してた」

母親の笑った顔をほとんど見たことがない。浮かぶのは、文句を言う横顔。物に当たり喚《わめ》き散らす姿。忘れたい記憶ほど脳裏にこびりついて消えてくれない。

「お母さんのせいなのはわかるけど、瑞代さんのせいじゃないよ」

「ううん。私のせいでもあるの」

そう言うと、瑞代さんは花がしおれるように静かにうなだれた。

「私と正祥さんがあなたたちを引き離したんだと思う」

「……どういうこと？」

「ずいぶん探したけれど見つからなかった。だから、私が——私たちが亜紀ちゃんと小結実ちゃんの家族になろうって誓った。ふたりが安心して過ごせる場所を作ろうって。でも、もっと探していれば見つかったかもしれない。だから、いつか謝りたかったの」

「そんなことないよ。正祥さんと瑞代さんが引き取ってくれなかったら施設に入ってたはずだし」

けれど瑞代さんは苦しそうに目を閉じてしまう。

「本当の母親になれると信じてた。でも、母親になったことがないからうまくできなくて……」

ボロボロと涙を流す瑞代さん。いつもの私なら、表層的な言葉を選べるのに、口が動いてくれない。

それは、瑞代さんが本心で話しているとわかるから。だとしたら、私も本当の気持ちを言葉にしたい。

「私の本当の気持ちは……」

自分の心を覗いてみると、ひとつの答えが存在していた。

「お母さんに会いたい」

ヘドロの奥に隠した本当の気持ちが月明りに照らされている。

「会いたいのは恋しいからじゃない。会って聞きたいことがあるの。なんで私と小結実を捨てたの、って。なんで連れて行ってくれなかったの、って」

「そう。そうだったのね……」

ハンカチで目頭を押さえ、瑞代さんは何度もうなずいている。

「正祥さんと瑞代さんには本当に感謝してる。でも、愛される自信がなかった。いつかはまた捨てられるって、心のどこかで思ってた」

ダムが決壊したように、次々に気持ちが言葉に変換されていく。

「上っ面でしか人と話せなくなった。正祥さんにも瑞代さんにも、友だちにも先生にも近所の人にも。私のことを好きになる人なんていない、って何度も自分に言い聞かせてきた」

「亜紀ちゃん――」

「どこにいてもなにをしていても、安心できなかった。捨てられる前にこの場所から逃げ出そうって思った。でも、違う場所に行っても結局は同じで不安ばかりだった」

「亜紀ちゃん聞いて――」

「病気になってやっとわかったの。愛されないのは私のせい。きっと、私にはなにか足りないものがあって、そのせいで誰からも――」

「亜紀ちゃんっ！」

瑞代さんが言葉を遮り、信じられないほど強い力で私の肩をつかんだ。怒鳴られたことがなかったので、驚きのあまり息が吸えなくなる。

「誰もあなたを捨てたりしない。ここにいる人たちはみんな亜紀ちゃんのことが大好きなの！」

月明りに照らされた瑞代さんの顔が涙で濡れている。

「少なくとも私たちは亜紀ちゃんのことを大切な家族だと思ってる。本当の母親にはなれなかったけれど、それ以上にあなたのことをいつも想ってきたし、これからも変わらない」

続けて口を開いた瑞代さんが、なにかに負けるように嗚咽を漏らしながらうつむいてしまった。

私が泣かせたんだ……。ショックと同じくらい、瑞代さんの気持ちがストレートに胸に届いた気がした。

「私も本当の子どもになりたいって思ってた。それくらいふたりからの愛情は感じていた。でも、どうしてもお母さんに聞きたい気持ちが消えてくれない。ううん、違う。本当は会って怒鳴りつけてやりたい。なんで捨てたんだよ、って問い詰めたい」

「そうよね」

そう言って瑞代さんは右手の拳を胸のあたりにあげた。

「私も同じ。亜結美に会ったらぶん殴ってやりたい」

思ってもいなかった発言に「え」と固まってしまった。

「瑞代さんがそんなこと言うなんて意外」

「そりゃそうよ。大切な亜紀ちゃんや小結実ちゃんを傷つけたんだから」

不思議だった。さっきまでのモヤモヤした気持ちが風に溶けていくようだ。

「そうだね。ふたりでぶん殴りに行こうよ」

顔を見合わせてふたりで少し笑った。

カエルの大合唱がさっきよりもやさしく耳に届いた。

「これからどうしようかな。お母さんには会えないし、仕事も休んじゃってるし」

そう言いながらも、あの会社に戻ることはないだろうと思った。神奈川でほかの仕事を見つけるのか、それともここに帰ってくるのか……。

「好きなように決めていいのよ。私たちは亜紀ちゃんが選んだ道を応援するから」

さっきからお腹のなかがほんのりと温かい。これまでも深い愛情を示してくれていたのに、気づかないフリをしてきた。

傷つかないように自分を守るのはもう終わりにしたい。最初はうまくできなくても、家族がいればきっと大丈夫。

雲から逃れた月が顔を出している。たくさんの星が雲間で光っている。カエルは歌い、風が揺らす草木の音はまるで伴奏のよう。

心のフィルターを外して見た世界は、あまりにも美しかった。


私の話を聞き終わると同時に、「で?」と悠香は首をかしげた。

「こっちに戻ってくるの？　こないの？　それがいちばん重要なんですけど」

今日は正祥さんに受診につき添ってもらった。先生によると、症状の改善はみられるが念のために服薬は続けるとのこと。九月の受診日を予約し、帰る途中で大森公園まで送ってもらった。

ベンチに座っているだけで蒸し暑くて額に汗がにじんでしまう。

「そこなの？　まだこっちに来て一カ月しか経ってないんだよ」

「一カ月も、の間違いでしょ。早く決めちゃいなよ」

先月、悠香に現状を伝えたときも、今と同じことを聞かれた。せっかちなところはまるで変わっていない。

「じゃあさ、私が正解を教えてあげる」

人差し指を立てた悠香がニヤリと笑った。あいかわらずノーメイクで肌も焼けているけれど、昔よりキレイに思える。

「傷病手当をギリギリまで使いながらこっちで就職活動をする。これで決まり」

「え、それはちょっと……。完治したら傷病手当はもらえないよ」

「そんなの適当に演じればいいのに、あいかわらずマジメなこと。ま、それが亜紀のいいところだけどね」

そう言ってから悠香は「あのさ」と唇を尖らせた。しばらく迷うように「あー」とか「ええと」と言い直したあと、急に悠香が肩の力を抜いた。

「ほんとのことを言うと、帰ってきてほしい。結婚してからはクラスの子ともなかなか会えないし、周りにいるのが年上——っていうかおじいちゃんおばあちゃんばっかりでつまんないんだよね」

「一応、その方向で考えてるよ」

上司だけじゃなく、私にも足りないところはたくさんあった。補い合える関係になれなかったのがいちばんの原因だろう。

人はキレイに分類されるわけじゃなく、誰かにとっての善人が誰かにとっての悪人ということもある。当たり前のことなのに、これまで気づかずに生きてきたことを知った。

「その方向って、つまり帰ってくるってこと?」

「そう」

「マジで⁉　じゃあさうちの農園で仕事しなよ。けっこう給料いいんだよ」

興奮した顔を近づけてきたので、同じ幅でのけぞる。

「ハルとアオが上司だなんてお断り。絶対にやりにくいもん」

「まあ、それもそうか」

あっさり引き下がってくれたのでホッとした。

瑞代さんに気持ちを吐露した夜から、息がしやすくなっている。昨日は瑞代さんと一緒に求人情報誌をチェックした。

「小結実ちゃんはどう？　前は拒否されたんでしょ？」

「最近はそうでもないかな。食事のときもたまに話をしてくれるし。憎まれ口はあいかわらずだけどね」

クスクス笑ったあと、「まあ」と悠香はベンチに背を預けた。

「小結実ちゃんもさみしかったんだよ」

「ふたりきりの姉妹なのに、勝手に就職を決めちゃったんだから怒るのも当たり前だよね。向こうに行ってからはぜんぜん戻ってこなかったし。理由は違っても、お母さんと同じことをしちゃったことには変わりないから」

あのころは家を出たい一心で周りのことが見えていなかった。小結実だけじゃなく家族にもずいぶんさみしい思いをさせたと思う。

時間を戻すことはできないけれど、やり直すことはできるはず。

「謝ったんでしょ？」

「うん。『今さら』とか『だるっ』て悪態つかれたけどね」

「素直じゃないところは亜紀そっくりだね。きっともう許してくれてるんだよ」

悠香はすごいな。まるで私たちのお姉さんみたいに理解してくれている。

「今日はこれからデートするの。来てくれるかはわかんないけど」

三日前、デートに誘ったときは乗り気じゃなかったけれど、昨夜はまんざらでもない様子に思えた。ふたりきりで出かけるなんて、いつ以来のことだろう。

「どこに行くの？」

「上りの終着駅――掛川駅へ行くつもり」

目に見えてわかるくらい悠香はハッとした顔になった。

「それって……」

「『終着駅の伝説』を小結実と一緒に試してみたいんだ。たぶんお母さんに会うにはそれしか方法がないから」

立ちあがる私から目を逸らす悠香。困ると目を合わせてくれないのは昔からだ。

「『終着駅の伝説は本当にあるんだよ』って、前に言ってたよね？　そのことについて教えてほしいの」

「あ……うん」

しばらくうつむいていた悠香が、

「でも、会ったらぶん殴るんでしょう？」

と言うから笑ってしまった。

「殴らないよ。瑞代さんを連れて行ったらそうなっちゃうかもだけど」

「なら安心だ」

悠香がひょいと立ちあがり隣に並んだ。

「母方の従兄がいてね、こないだ結婚したんだ。森町に住んでるからしょっちゅう会うんだけど、半年くらい前に結婚の挨拶に来たわけ」

「うん」

ふと、先日病院で見かけたカップルを思い出した。まさか、あのふたりではないだろう。

「帰り際にこっそり教えてくれたの。『あの伝説は本当だった』って。『思い出列車』に乗れたし、会いたい人にも会えたんだって。詳しくは教えてもらえなかったけど、嘘をつくような人じゃないからさ」

そう言ったあと悠香が「ふふ」と声にして笑った。

「なんか、うれしいな」

「なにが？」

「亜紀ってどこか自分を演じてるところがあったでしょ？　戻ってきてからの亜紀

は丸裸になったみたい。あ、ヘンな意味じゃないからね。やっと本当の亜紀に会えたってこと」

そうだろうな、と自分でも思う。長い間かけられていた呪いが解けたように、自分の目で見て、自分の耳で聞いて、自分の口で気持ちを言葉にできている。

「大好きなハルのおかげだよ。あ、ヘンな意味じゃないからね」

顔を見合わせて笑い合った。

真夏の日差しが気持ちいい。大森駅につくと、駅舎のベンチにちょこんと小結実が座っていた。

「小結実ちゃん！」

悠香が手をふるけれど、小結実はそっけなく会釈を返しただけ。

「じゃあ、行ってらっしゃい」

悠香が私の背中を押してくれた。

「うん、またね。アオにもよろしく」

「あさって待ってるからね」

今度、悠香の家に行き赤ちゃんを見せてもらうことになっている。

ホームへ行き、小結実の隣に腰をおろすと、

「どこ行くわけ？」

あいかわらず不機嫌そうな顔と声で尋ねてくる。夏らしいひまわり色のワンピースが良く似合っている。

「前の黒一色もかっこよかったけど、こういうのもいいね」

「うるさい。どこに行くか、って聞いてるの」

憎まれ口を叩きながらも、まんざらでもない様子。

お母さんに本当に会えるとは思っていない。きっと悠香の従兄もからかっただけだろう。

でも、一度だけ試してみたいと思う。話せばきっと小結実もわかってくれるはず。

「掛川駅まで行こうかなって。向こうでランチでもしようよ」

「ランチ……。まあいいけどさ、そんなことしてる余裕あるわけ？　夏休みにしては長すぎない？」

踏切の音がして向こうから列車がやってくるのが見えた。あれが『思い出列車』なのだろうか。

「小結実の推理当たってる。私、病気で仕事休んでるんだよね」

「……え？」

ゆっくりと列車が停まり、ドアが開いた。ふたり掛けのシートの窓側に座ると、焦った様子で小結実は腕をつかんできた。

「どういうこと？　なんの病気？」

「心の病気。でももう大丈夫。すっかり元気になったから」

「ぜんぜん大丈夫じゃないじゃん。なんでそうやって思ってもないことばっかり言うの？」

周りの客がなにごとかとふり向いた。

「小結実はやさしいね」

ハッと小結実が腕を離し、そっぽを向いた。

「話をそらさないで」

自分の気持ちを言葉にできない私と、なんでも言葉にする小結実。まるで真逆なようだけれど、私たちはよく似ている。だからこそ、小結実を残して逃げてはいけなかった。

「お母さんがいなくなってからね、誰かにまた嫌われたらどうしよう、ってそればかり考えてたの。正祥さんや瑞代さんに捨てられたら、って」

「本当のお母さんのことは知らないけど、今のお父さんとお母さんはそんなことしないし」

　小結実は強いな。ちょっと前まで、私には信じるものがなにもなかった。母親の記憶が世界のすべてを黒く塗りつぶしていたんだ。

「そうだね、今はそう思うよ」

　体を小結実のほうへ向けると、通路を挟んだ窓の向こうにあまりにも広くて青い空が広がっている。

「やっと世界が明るくなった感じなの。だから、小結実と話がしたかった」

「へえ」と小結実は足をぶらんぶらんと動かした。

「でも、学校に行けとか言わないでよね。クラスで浮いてるし、二学期からも行かないって決めてるから」

「それでいいんじゃないかな」

「は？」

　目を丸くした小結実が顔を近づけてきた。

「え、なんで？　てっきりそのことで怒られると思ってたのに」

「会社を休んでるお姉ちゃんに言えるわけないでしょ」

「たしかに」と納得したあと、小結実は首をひねった。

「でも、いきなりランチなんておかしい。なにかたくらんでるよね？」

私の周りにいる人は鋭い人ばかりだ。それがやけに心地いい。

夏空が私に教えている。もう素直な気持ちを言葉にしていいんだよ、と。

「『終着駅の伝説』って知ってる？」

そう尋ねると、小結実は思いっきり眉をひそめた。

「知ってるもなにも、昔お姉ちゃんが話してくれたじゃん。ミツキに会いに行ったけど会えなかったんでしょ」

「覚えてたんだね」

「あんなに熱心に語られたら忘れないよ。会いたい人のことを思うんだっけ？」

宙を見あげる横顔に、

「お母さんに会いたいの」

意を決して伝えた。

けれど小結実は「そう」とつれない反応。

「伝説なのにバカみたい。それに、もし会えたとしても今さらって感じ」

「文句を言うつもり。あと、なんで私たちを捨てたのかをちゃんと聞きたい」

「いいね。どうせ伝説なんだから好きにすれば？」

鼻歌でもうたうように小結実はおもしろがっている。が、すぐに首をひねった。

「でも、本当のお母さんは伝説のルールに当てはまらないけど」

「ルール？」

「たしか、会いたい人が死ぬ間際とかじゃないと会えなかったはず」

「え……？　それ本当のこと？」

そんなルールがあるなんて知らなかった。ガッカリするあまり、背もたれに倒れ込んでしまう。

「本当もなにも、もともと伝説でしょ。やるだけやってみればいいじゃん」

小結実の言うことも一理ある。せっかく乗ったんだから、試してみるしかない。

「じゃあ、お母さんのことを思──」

「あたしはいい」

話の途中で小結実がそう言った。穏やかな表情でやさしくほほ笑んでいる。

「掛川駅まではつき合うから、お姉ちゃんだけ会いにいきなよ」

「でも……」

「反抗ばっかりしてるけど、あたし、お父さんとお母さんを本当の親だと思ってるし。お姉ちゃんもこの際、その人から卒業してきなよ」

ニヒヒと笑う小結実。昔よくしていた笑い方に思わず胸が熱くなった。その熱が私のこだわりを溶かしていく。

「ほら、早くその人のことを考えて。ゲームしながら気長に待ってるから」

スマホを取り出し小結実はゲームの世界に行ってしまった。

窓の外を見れば、青い浜名湖が空とよく似た色で光っている。

目を閉じ、私は本当の自分と向き合う。


掛川駅に到着し、運転手にふたり分の運賃を支払ってから降りた。

不思議な感覚だ。掛川駅には来たことがあるけれど、前と雰囲気が違う。改札口の向こうがまるで異次元につながっているような、そんな感じ。

「で、これからどうするわけ？」

スマホをしまいながら小結実が聞いてきたけれど、この先どうしていいのかわからない。

「ごめん。よくわからないの」

「なにそれ。バカみたい」

言葉とは裏腹に小結実はクスクス笑っている。

セミの声が遠くから聞こえる。アパートの部屋の前で母親を待った夏。セミと一緒に泣いて鳴いて啼《な》いた夏はもう遠い。

「やっぱり伝説なんだろうね。とりあえずランチに行こうか」

歩き出す私の腕を、

「お姉ちゃん」

と、小結実がつかんだ。

小結実が見ているほうに目を向けると、いつの間にかすぐそばに駅員が立っていた。

私より少し年上だろうか、微笑を浮かべている。

「磐野亜紀さんと小結実さんですね。私は、二つの塔と書いて二塔と申します。このたびは、『思い出列車』へのご乗車ありがとうございます」

きっちりと頭を下げる二塔さんに、

「マジで⁉」

小結実が大きな声をあげた。

「なんで名前を知ってるの⁉」

私も同じことを思っていた。

「私の役目だからでしょうか。ご乗車されるお客様については理解しております」

やわらかい空気が二塔さんを包んでいる。不思議と彼が言っていることが本当のことだとすとんと理解できた。

「てことはさ、あの伝説は本当だったってこと？」

興奮しっぱなしの小結実に二塔さんはほほ笑んだ。

「信じた人にだけ訪れる奇跡のようなものです」

「奇跡……」

以前の私はその言葉が嫌いだった。奇跡なんて信じたって起こらない。そのぶんもっと傷つくだけだって。

二塔さんが私に視線を合わせた。

「これから私は余計なことを申し上げます」

「……え？」

「運命を受け入れる必要なんてありません。そして、人間はひとりぼっちなんかじゃありません」

その言葉は私の視界を一瞬でゆがませた。ずっと……ずっと誰かにそう言ってほしかった。母親の言葉を否定してほしかった。

「どういう意味？」

きょとんとしている小結実に向き直ると、二塔さんは眉を少し下げ困った顔になってしまった。

「残念ながら小結実さんのほうはお会いにならないようですね」

「会うって……」

恐る恐る口にする。まさか、まさか……。全身の毛が一気に逆立つような感覚のなか、二塔さんは手の指を揃え、改札口のほうを示した。

「あなたたちのお母様です。あちらでお待ちですよ」

本当に母親に会えるの……？

「それって……あの人はもうすぐ亡くなってしまうということですか？」

「伝説だとそういうことになるよね？」

小結実が私の背中に隠れながら加勢してくれた。

「それは直接ご本人にお聞きください。用意ができましたら、お母様のことを思いながら改札口を通り抜けてくださいい。小結実さんもせっかく来たのですから、今お母様のことを思ってくだされば特別に――」

「あー、それなんだけどね。あたしは会わないことにしたの」

まるで友だちに話すような口調で小結実が言った。

「次回おひとりでお会いしたいということでしょうか？」

「ううん。一生会わないって決めたから」

「それもひとつの答えですね。それでは小結実さんはこちらでお待ちください」

ベンチを示す二塔さんに、小結実は不満げにうなった。

「こんなとこで待ってたら熱中症になっちゃう。喫茶店とかに行っててもいい？」

「あちらでの時間はあっという間に過ぎます。待っても五分くらいなものです」

幼い日々のことがダイジェストのように脳裏に映し出され、ふたりの会話が素通りしていく。

何度も思い出しては苦しんできた。それが今日ついに終わるんだ……。

苦しさも悲しさも行き場のない怒りも、ぜんぶ過去にできる。

「きっと……」

無意識に口にしていた。二塔さんと小結実の会話が止まり、セミの声がすぐそばで聞こえるけれど、あの日よりもずっとやさしい鳴き声だ。

「きっと、生まれたときには愛してくれていたはず。でも、離婚することになって、余裕がなくなったんだと思う」

　勝手に気持ちが言葉にポロポロと変換されていく。

「子どもなら親から愛されて当然だと思っていた。だから、そのぶんもっと苦しかった。でも、わかったの。愛する能力がない人もいるってことが」

「お姉ちゃん……」

　小結実が私の手を握ってくれた。

「会いたいと思ってた。会っていろんなことを言ってやりたいって。謝ってくれたら過去のことを許せるかも、って……！」

　こぼれる涙と同じぶんだけ本当の気持ちがあふれ出てくる。

「でも過去は変えられない。私は母親から愛してもらえなかった。それを認めようと思います」

　顔をあげると、二塔さんの瞳が潤んでいるように見えた。

　私の周りにはやさしくて温かい人がたくさんいる。その人たちがいるから、私はこの答えが出せた。

「これからは私が愛する人、愛してくれる人たちと生きていきたい。人間はひとりぼっちなんかじゃないってわかったから。運命を自分の手で変えていきたい」

嗚咽まじりに「だから」と続けてから大きく口を開く。

「だから、母親には会いません」

そう言うのと同時に、涙が止まった。

もう、泣かない。もう、ふり返らない。

過去にどんなことがあったって、今日からの日々を変えていけるはず。

「かしこまりました。それではこのまま下りの列車にお乗りください」

すべてを受け入れるように二塔さんはほほ笑んだ。

「あ……でも、ランチが」

「いいよ」と小結実が腕を引っ張った。

「お父さんとお母さんと一緒に食べよう。あたしたちの家に帰ろうよ」

二塔さんに頭を下げてから列車に乗り込んだ。降りたばかりの私たちが乗るのを見て、運転士は目を丸くしていた。

ふり返ると、ホームに二塔さんの姿はなかった。

動き出す列車。掛川駅が遠ざかっていく。

私の長い人生が終わるとき、母親にまた会えるはず。

殴るか抱きしめるか無視するかについては、今はまだ未定。

でも、あの過去があったから幸せになれたと思える自分になりたい。
列車は景色を溶かしながら走る。私が愛する人たちのもとへと。

第四話

名探偵への挑戦状

藤沢和実《ふじさわかずみ》（四十九歳）

夫の友紀《とも き》がハンドルを緩やかに回し交差点で右折すると、天竜浜名湖鉄道の天竜《てんりゅう》二俣《ふたまた》駅の駐車場へと車を進めた。

「え？　列車に乗るの？」

運転席の夫が「うん」とうなずく。

「せっかく有給取ったし、たまには天浜線に乗るのもいいんじゃない？」

夫が『今度の火曜日、出かけよう』と言ったのが先週のこと。去年、子どもが結婚して家を出てからはふたりで出かけることも増えたけれど、有給休暇を取ってまで出かけるのは久しぶりだった。

「この間テレビでローカル線の特集をしてたときに、『久しぶりに天浜線に乗りたいな』って和実も言ってたし」

「そうだけど……」

てっきり車で遠出するものとばかり思っていた。後部座席のバッグには帽子や日焼け止め、お茶のペットボトルやビニールシートまで詰め込んできた。

夫は昔から行動的で、思いついた場所によく連れて行ってくれた。遠いところでは長野《ながの》県にある駒ヶ岳《こまがたけ》や岐阜《ぎふ》県の高山《たかやま》、近場ではらぽーとや掛川駅など、毎回秘かに計画を立てては私を連れ出した。

エンジンを止めた夫がさっさと車を降りてしまったので、仕方なく私もドアを開ける。八月の日差しが肌を攻撃してくる。

「なにをしにいくの？」

それによって持っていく荷物の量を考えなくてはならない。

「いつもみたいに推理してみてよ」

ニヤリと笑う夫。問題を出すときはいつもこういう顔をする。

結婚して二十六年が過ぎ、私は四十九歳、夫は五十歳になった。夫の実家に住んでから二十五年経つから、四半世紀も天竜区に住んでいることになる。

もともと私は浜松市の中心部に住んでいた。同じ浜松市なのに、中心部と天竜区ではぜんぜん違う。中心部にはビルや商業施設、コンビニだってたくさんあるし、スーパーやドラッグストアの数も多い。

一方、天竜区でいちばん多いのは山だ。北には長野県までいくつもの山々が連なり、この季節は青々しい葉を生い茂らせている。南には天竜川が取り囲むように流れ、よく言えば自然豊かな郊外の街、悪く言えば田舎そのもの。

木製の駅舎に入ると、温度が少し下がった。夫はすでに切符を購入していた。どこまでの切符を買ったのか見ようとしたけれど、サッと隠されてしまう。

推理ゲームをするときにヒントをくれないのはいつものことだ。

「もうすぐ列車が来るよ」

私の持つバッグをひょいと奪い、夫はホームへ進んでいく。

「どこの駅で降りるかも教えてくれないの？」

「今回は当てるのが難しいかもしれない」

行き先は毎回秘密。車の走る方向や高速道路で私が推理し、それを披露するのが恒例となっている。

「荷物を準備するときに、ヒントを教えてくれてもいいのに。友紀だって現地で必要な物がないと困るでしょ」

「ノーヒントで和実の推理を聞くのが好きなんだ」

つき合っているときから私たちは名前で呼び合っていた。それは、由梨花《ゆりか》が生まれてからも変わらなかった。

下りのホームの中央あたりでやっと夫が足を止めてくれた。上屋《うわや》と呼ばれる屋根のおかげで暑さが和らぐ。

「このプラットホームと上屋は改修されてるけれど、もともとは昭和前期に建てられたんだ。国の登録有形文化財に登録されているんだよ」

ベンチに腰を下ろし、夫は目を細めて古びた屋根を眺めている。

私より少し背が高い標準体型。昔と変わってないように見えるけれど、髪には白いものが混じり目のあたりのシワも増えた。まあ、私も同じなんだろうけど……。

列車が到着すると、二十代くらいの若い子たちがカメラを手に降りてきた。この駅はアニメの舞台地として有名で、街でもたまに道を聞かれることもある。

近所の奥さんたちはアニメを見たらしく、『ここが聖地なのよ』『主人公たちの出会いのシーンで使われてたの』とはしゃいでいた。

車内に乗り込むとクーラーが気持ちいい。ふたり掛けのシートを手のひらで指す夫。列車に乗ると窓側の席を譲ってくれていたことを久しぶりに思い出した。

「下りの列車ってことは、フルーツパークにでも行くの？」

だとしたらビニールシートを持ってくるべきだった。

「それじゃ当てずっぽうすぎる。ちゃんと推理しないと」

推理小説に出てくる探偵の助手にあこがれる夫。特に好きなのは、ホームズの助手であるワトソン。もう何回も読んだであろう『名探偵ホームズ』のシリーズをくり返し読んでは、ワトソンのサポートに感動している。

私は毎回、探偵役だ。たいてい私の推理は外れるけれど、ヒントがなさすぎるのはフェアじゃない。

のんびり走り出す列車が、天竜川を越えた。空には入道雲がひとつ。

姉妹と思われる若い女性が前方の席にいるだけで、ほかに乗客はない。お姉さんのほうは黒髪で落ち着いた色の服を着ているが、妹のほうは金髪に黄色のワンピース姿。真逆のセンスなのに仲がよいのだろう、そっくりな笑顔で会話するのを見ていると私まで楽しくなってくる。

「由梨花にも弟か妹がいればよかったね」

「今から子育てするのも大変だよ」

それほど冷えてないのに、夫は寒そうに両膝をさすっている。

「そういう意味じゃなくて――まあ、三人だからよかったのかもね」

由梨花は、今でもしょっちゅううちに来ては食材を食い散らかして帰っていく。

結婚相手の章人《あきと》くんは幼なじみで、昔からよく家に遊びに来ていた。高校生のときに由梨花から告白をしたと聞いている。

章人くんの実家に住んでいるので、程よい距離を保ちながらつき合っているけれど、ひとりでうちに来ることを相手の親御さんはよく思ってないかもしれない。今度、それとなく注意しておかないと……。

窓からの景色を眺める。列車は草木が作る自然のトンネルをかきわけるように進んでいく。車体に時折当たる枝葉が、乾いた音を立てている。

「天浜線に乗るのも久しぶりだよね」

天竜区に住んでいると車は手放せない。夫は十年選手のハイブリッド車、私は最近買い替えた軽自動車に乗っている。

「この揺れが心地いい。由梨花も昔はいちばん前で仁王立ちしてたよな」

「あの子、せっかちだからね」

思い出話に花が咲くと思いきや、夫はわざとらしく咳払いをした。

「さて、それより推理を進めてもらわないと」

ということはもうすぐ降りるということだろうか。

「せめてどこの駅で降りるかだけでも教えてくれない？」

「大森駅だよ」

ダメもとで尋ねたのに、夫はあっさり答えてくれた。

「ヒントをくれるなんて珍しい」

「さすがに難問すぎるかな、って」

緑が作るトンネルのすき間から、太陽の光が点滅して差し込んでいる。幻想的な光景に見とれつつ、行き先を推理する。

「大森駅って湖西市にあるのよね？　湖西市はあまり行ったことがないけど、駅から歩いて行ける名所なんてあったかしら。バスに乗り換えるとか？」

「それは内緒。ただ、今回は日帰り旅行というわけじゃないんだ」

「泊まりってこと？」

いや、泊まりで出かけるときは事前に言ってくれるはずだし、明日は夫も仕事だ。

緑のトンネルを抜けると、夫の浮かない表情に光が当たった。私の視線に気づいたのか、口元に笑みを浮かべた。

「泊まりじゃないし、ちょっとした用事ってとこ。まあ、推理してみてよ」

そう言うと、持参した推理小説を自分のバッグから取り出した。先々週購入したという郷土作家の新作はまだ数十ページくらいの箇所に栞《しおり》が挟んであった。発売前は楽しみにしていたのに珍しく読む速度が遅い。

案の定、数ページ読んだところで夫は本を閉じてしまった。

「帰りに寸座駅で降りてサンマリノで食事をしよう」

サンマリノは、結婚前にデートでよく行ったカフェ。浜名湖が目の前にある喫茶店はおしゃれスポットとして有名で、若いカップルであふれていた。若き日の夫は、訪れるたびにジャンボプリンを食べていた。

結婚してからは二度ほどしか訪れていない。

「サンマリノで食事ということは、大森駅での用事は午前中で終わるってことね」

「いいね。その調子」

「ふたりでなにかを見学しに行くわけじゃなく、友紀の用事につき合わされるってこと。どうしても会わないといけない仕事関係の方がいて、つき合ってもらったお詫《わ》びにサンマリノに行く。この推理は当たってる？」

「さすが名探偵。かなり正解に近づいてる」

夫が朗らかに笑うのを見てホッとした。今朝から夫はどこか緊張しているように見えた。具体的な変化があったわけじゃなく、長年一緒にいるからまとう雰囲気が硬いように思えていた。

気のせいだろう、と推理を進める。

湖西市といえば新居《あらい》の関所が有名だ。道の駅もあるが車で行かないと不便な場所にあるので今回は違う。ほかにはなにがあるのだろう……。

「仕事関係の人に会うのなら、手土産を用意しないとまずいんじゃない？」

「会うことは会うけど、仕事関係の人じゃないし、手土産も必要ないんだ」

言われて思い出した。有休を取ってまで仕事関係の人に会うことはない。

「じゃあ、昔の友だちとか？」

「そういうのじゃない。少し前からお世話になってる人なんだ」

両手でくるくると膝をなでながら夫は言った。

やっぱりいつもと様子が違う。表情とは裏腹に声のトーンがわずかに低い。結婚して二十六年も経てば、細かいことにも気がついてしまう。

ひょっとしたらこれから会う人のことが苦手なのかもしれない。だから私につき合ってもらうことにしたとか……？

窓の外に浜名湖の青色が見えてきた。久しぶりに見たけれど、あまりの大きさに海かと錯覚してしまう。遊覧船がひとつ浮かんでいて、遠くには浜名湖パルパルという遊園地にある観覧車が見えた。

「やっぱり伝説は本当のことだったんだよ」

ふいにその声がするりと耳に飛び込んできた。前方で話す姉妹のどちらかがそう言ったらしい。夫にも聞こえたらしく視線を前に向けている。

「だってあの駅員、お姉ちゃんとあたしの名前知ってたもん」

「そうだね」

「あたしたちって『終着駅の伝説』を体験したんだよ。これってすごすぎない？」

「声が大きいって」

そこからはくぐもった声になってしまった。ゲームかなにかの話でもしているのだろう。

スマホが震え、由梨花からの着信を知らせた。単車両なので後方へ向かいながら電話を取る。

『なんでいないの？』

開口いちばん不満げな声が聞こえた。

「友紀と――お父さんと出かけてるの」

由梨花が家にいたころは、友紀の前では友紀、由梨花がいるときはお父さんと呼び分けていたのに、人は慣れる生き物。由梨花が結婚してからはたまに家に来ても、つい名前呼びしてしまう。

『出かけるなら言ってよ。なにかあったかと思うじゃない。うわ、なんかうるさいんだけど？』

「ああ、天浜線に乗ってるのよ。だから今は電話できないの」

『どこに行くの？』

「まだ教えてもらえてない」

『お父さん得意の推理ゲームね。まだそんなことやってんだ？』

テレビの音がする。合鍵を持っているので家のなかでくつろぐつもりなのだろう。向こうのご両親にはなんて言って出てきたのかしら。

家に来過ぎていることを注意したいけれど、ほかの乗客が少ないからといっても車内での長電話は望ましくない。今度家に来たときに改めて話をしたほうがいいだろう。

とにかく今は電話を切らないと。

口を開きかけるのと同時に、

「えっ」

思わず声をあげてしまった。夫がいつの間にか席を立ち、さっきの姉妹と話をしているのだ。

『びっくりした。なに？』

　不機嫌そうな由梨花の声にハッと我に返る。

「あ、ううん。なんでもない。お父さんが乗客の子に話しかけてて……」

　姉妹のほうもにこやかに対応してくれている。むしろ、夫よりもたくさん話しているように見える。

『そんなの昔からじゃん』

「そうだけど、席を立ってまで話をしてるから驚いちゃって」

『お父さん、誰にでも話しかけるから、一緒に出かけるの恥ずかしかったもん。さすがはサービス業、って感じだよね』

　夫は生命保険会社に勤務している。数年前に営業部から企画部に異動になったが、いまだに指名されることが多いらしく、担当も数件持ったままとのこと。近所の人にも自ら話しかけるし、私以上に地域のことをよく知っている。

「そんな言い方しないの。お父さんのおかげで大きくなったんだから」

『昭和だね』

「え、なに？」

『昭和の考え方ってこと。章人のお母さんもよくそういうこと言うけど、その考え方は間違ってると思う。女性だって家事や子育てをがんばって家を守ってきたんだから同等だって』

浜名湖の果てにある知波田《ちばた》駅に着いた。大森駅のひとつ手前だ。

強引に通話を終わらせると、夫も席へ戻ってきた。

「あの子たち、姉妹なんだって。僕たちと同じ大森駅で降りるんだって」

「そう」

「保険を勧めたりはしてないから安心して。ちょっと聞きたいことがあったんだ。いい子たちでね、いろいろ教えてくれたよ」

なにも聞いてないのに、夫はなんでも話したがる。おかげで社内の同部署の人についても、だいたいのことは把握できている。会ったことは一度もないのに。

大森駅で降りると、ホームの熱がもわっと舞いあがっていた。駅舎以外はなにもない無人駅。私たちの住む天竜二俣よりもっと田舎の風景が広がっている。

こういう場所は好き。建物がないせいで空が大きく見えるから。

さっきまで話していた姉妹は夫に一礼したあと、私にも揃って頭を下げて帰って行った。見た目はぜんぜん違うのに双子みたいにそっくりな笑顔で。

「これからあのバスに乗るよ」

「あれがバス？」

車道に停まっているのはバスではなくどう見てもワゴン車だ。が、車体に『湖西第二病院』というロゴが貼ってある。

そう言えば、大きな病院ができたというニュースを見たことがある。

「これから病院に行くってこと？」

「そのとおり」

ワゴン車にはすでに何人かが乗車していて、私と夫の席は前後に分かれた。会社で誰かが入院することになり、お見舞いにでも行くのだろうか。それにしてはお見舞いの品がないのはおかしい。もしくは保険の説明にでも行くのだろうか。

クーラーの効かない車内でそんなことを考えた。


「病名は、筋萎縮性側索硬化症《きんいしゅくせいそくさくこうかしょう》です。運動神経細胞が選択的に障害される病気で、難病に指定されています」

猪熊《いのくま》と名乗った医師は、挨拶もそこそこにそう言った。

三十代くらいだろうか、きっちりと分けた髪がワックスのせいで濡れているように見える。黒縁メガネであごには無精ひげが生えている。

誰かのお見舞い、という推理は外れていた。保険の説明でもなかった。

『今回は僕の勝ちだね。正解は、「受診に来た」でした』

笑いながら夫は受付に診察券を出した。それからはなにを聞いても、『猪熊先生から説明があるから』としか答えてくれなかった。

まさか、夫の受診だとは思っていなかったので現状が理解できない。猪熊医師が眺めているパソコンには夫のものと思われるＭＲＩ画像が表示されていて、検査結果の用紙は夫に渡された。

私に見せるように用紙を傾けてくれたけれど、細かい数値が並んでいるだけでそれが意味することを理解できずにいる。

狭い診察室はやけに息苦しくて、まるで海で溺れているよう。

「友紀が――夫が、筋萎縮……」

かすれる声が自分のものじゃないみたいに耳に届く。

「筋萎縮性側索硬化症。ＡＬＳとも言いますが聞いたことはありませんか？　日本での患者数は約一万人おられます」

猪熊医師が私の目を見つめた。

「はい。あの……」

夫を見ると、ひょいと肩をすくめている。困ったときによくするジェスチャーだ。

「奥様」と医師が私の視線を戻させる。

「ご主人はまだ初期の段階です。手や指、膝の脱力と筋肉の萎縮が症状として現れ、紹介状を持参されこの病院へ来られました。検査の結果、ＡＬＳと診断をしたのが先月の初めのことです。奥様への説明と、今後の治療方針についてのカンファレンスを行うためにお越しいただきました」

そんな症状が現れていたなんて聞いていなかった。いや、そう言えばこの数カ月はよく膝をさすったりリビングで屈伸運動なんかをしていた。

今、話しているのは本当のことなの？

まさかこんな話をされると思っていなかったので、現状についていけない。

押し黙る私に、猪熊医師が「ああ」と人差し指を立てた。

「カンファレンスというのは、打ち合わせや会議という意味です」

猪熊医師の奥に座る看護師が書記を担当するらしく、ノートパソコンに指を置き私を見ている。同情が浮かぶ瞳から逃れ、握りしめた自分の手を見る。

……なにが起きているの？

「ＡＬＳの治療は薬物療法で病状の進行を遅らせるのが一般的です。リルゾールとエダラボンという薬を処方し、定期的に進行を観察します。お仕事につきましてはこちらをご覧ください」

差し出された用紙を受け取ろうとして、自分の指先が震えていることに気づいた。

そこには『難病の方の就労を支援しています』という見出しが記されてあり、就労支援策や助成金についての説明が書かれてあった。

「現在の職場に診断書を見せ、今後どうするかについてお話しください。退職される場合はハローワークにご相談いただくのがよいでしょう」

わざと業務的な口調を心掛けているのだろうが、やけに冷たく耳に届く。

「あの……」

「はい」

メガネ越しの瞳がまっすぐに私を捉えるのと同時に、なにを聞きたかったのかが脳から消失した。

「……すみません。続けてください」

メガネを中指で押しあげ、猪熊医師は口を開いた。

「病状につきましてご説明します。筋肉の萎縮――つまり筋肉が痩せることについてですが、今後さらに進行し、呼吸の筋肉を含めて全身に広がっていきます」

――なにを言っているのだろう。

「体を動かすことが難しくなり、喉の筋肉に力が入らないと構音障害――言葉が出せなくなります」

――私はなんでここにいるの？

「水や食べ物を飲み込むことができなくなり、よだれや痰《たん》が増えます。気管切開による人工呼吸療法を選べば余命は延びることになります」

「余命？」

その言葉に意識が現実に引き戻される。

「え……あの、どういうことですか？　治らない病気ということですか？」

猪熊医師はあごに手を当て、夫を見やった。

「ひょっとして病気について説明されていないのですか？」

「すみません。なにも話していません」

深々と頭を下げる夫をぼんやりと見た。夫はなにもかも知っている。その上で私に知らせるためにここに呼んだ。そういうこと？

「なるほど」と、猪熊医師はボリボリと頭をかいてから、まっすぐに私を見た。

「ALSは進行性の難病であり、症状が軽くなることはありません。多くの場合は呼吸の筋肉の機能低下による呼吸不全が死因となります。個人差はありますが、平均生存期間は発症から二年から五年とされています」

ふいに周りの音が消えた気がした。

奈落に落ちていくような絶望が私を覆いつくした。


夫との出会いは高校に入学したとき。彼は天竜から列車を乗り継ぎ、浜松駅近くにある高校に通っていた。クラスでの夫は人気者で、いつも輪の中心にいた。私はその他大勢のなかのひとりで、数カ月に一度話をする程度の関係だった。

だから、告白されたときは驚いたし、最初は冗談だと思っていた。

当時から夫は推理小説が好きで、『部活をやるくらいなら小説を読む』と豪語していた。つき合ってからも話題の中心は小説のことばかりで、読書嫌いだった私を本の世界へ導いてくれた。お薦めの小説はどれもおもしろく、ミステリーに偏っていたものの毎回トリックに驚いたり、ときには切ない結末に涙したこともあった。

夫は高校を卒業すると生命保険会社へ就職をし、私は短大へ通った。会える日は減ったけれど、夫は休みのたびに浜松駅まで会いに来てくれた。

やがて車の免許を取った夫は、休みの日じゃなくても私の家に来るようになった。

短大を卒業した私は親のつてで入った会社で事務職員になった。けれど、数年後のある日、突然会社が倒産してしまった。

再就職を目指して就職活動をしていたある夜、突然プロポーズをされた。

その日は私の誕生日で、一日中雨が降っていた。

湿気で髪はボサボサになってしまったし、夫が予約したレストランは高級過ぎて居心地が悪かった。ハローワークで薦められた会社について話す私に、夫は上の空な返事ばかり。

あの日、私は初めて本気で推理をしたのかもしれない。

――ひょっとしてプロポーズをしようとしている？

そう考えると、夫の様子にも説明がつく。別れ話の線も考えたが、これまでの日々がすぐにその答えを打ち消してくれた。

ハプニングが発生したのはデザートに移る直前のこと。プロポーズの言葉を口にする前に、手違いでスタッフが花束を持って登場してしまったのだ。

『やっぱりプロポーズだったのね』

そう言ってしまったのが、私の人生最大の失敗だろう。スタッフは大慌てで謝罪をくり返し、夫はガックリと肩を落としていた。

ささやかな結婚式をして天竜に移り、そして由梨花が生まれた。

夫との出会いからこれまでの間、平凡だけど幸せな日々が続いていた。

これからも続くと信じていたし、信じたかった。


訪問看護師の清水《しみず》さんが来ると、夫は電動車いすを操作して玄関まで迎えに行く。そして自分の部屋で病状のチェックとリハビリをおこなったあと、ベッドで横になるまでが流れ。

週に三回のルーティーンをはじめてからどれくらい経つのだろう。梅雨明けらしい青空が広がる七月中旬。病名を聞いたあの日から。気がつけばもうすぐ一年が経とうとしている。

お茶を淹れながら、自分の手を見る。夫が痩せていくのと一緒に私の体重も落ちていく。近所の人とのつき合いもすっかり遠のいている。

孤独になりたいわけじゃない。食べるのも話をするのも、気力がないとできないことだと思い知らされる日々だった。

二階にあった夫の部屋は一階へと移動をした。リビングの奥にある和室から、清水さんの笑う声が聞こえる。

『平均生存期間は、発症から二年から五年とされています』

猪熊医師の言葉がふとしたタイミングでざわりと脳内で再生される。もう何百回、何千回とくり返しくり返し。

平凡だった毎日が突然終わってしまった。まさか難病になるなんて想像もしていなかったから、一年経った今でも夢じゃないかと思う。むしろ、夢だったらと何度も願いながら今日までやってきた。

夫の態度は変わらない。告知された日からすべてを受け入れたらしく、残された機能を維持することに懸命だ。会社の厚意で短時間テレワークとなり、給料は下がったものの勤務は継続できている。

けれど、日に日に筋肉の萎縮が進行しているのがわかる。

言葉は聞き取れるものの、呂律《ろれつ》がまわらない日が増えている。話をしていても食事をしていてもムセることが多くなった。

リビングのソファに座り、庭をぼんやりと眺める。庭に咲いていた花は枯れてしまい、雑草が伸び放題になって久しい。

気になってはいるけれど、どこを探しても気力が見つからない。夫の前で元気そうにふるまうことで精いっぱいな毎日。

ぜんぶ悪い夢ならいいのに……。

なぜ告知をされたとき、すぐに話してくれなかったのだろう。あんな推理ゲームで茶化すような話題じゃないのに、なんでちゃんと伝えてくれなかったの？

早めに聞いたからって治るわけじゃないことくらいわかっている。だけど、心の準備ができなかったせいで、今もあの日のことを思い出すと胸が苦しくなる。


「和実さん」

清水さんがいつの間にか立っていた。もうそんなに時間が？

とりとめのない考えに支配されているような日々。答えの出ない推理ゲームでもしている気分だ。

「あ、終わりましたか？」

「はい。こちらにサインをお願いします」

ノートには今日の看護内容が記載されている。

清水さんは薬局が経営する訪問看護部門の管理者だそうだ。以前は大きな病院に勤めていたというベテラン看護師。バツイチで息子と娘がいるが、今はひとりで暮らしている。私と同じ五十歳で、身長は私より十五センチも高く、学生時代はバレーボールに明け暮れた。ぜんぶ夫から聞いた情報だ。

「症状はどうですか？」

サインをしながら、毎回同じことを聞いてしまう。

「今日はリハビリを二セットされました。友紀さんは階段昇降の練習をしたいそうですが、転落の危険性が高いので実施しておりません。そしたら『僕は毎日こっそり練習してる』って」

「昨日も勝手に二階にあがってたんです。気づいたときにはほとんど階段を降りたあとでした」

夜中に物音がするなと思ったら、夫がおしりをついた格好で階段を降りていた。

「せめて見守りのもとでおこなってほしいのですが、あの言い方じゃたぶん、またやるでしょうね」

困った顔で清水さんが言う。

「私からも注意しておきます。でも、去年までは普通に歩けていたんですけどね」

今年になり杖《つえ》歩行になった夫。今では電動車いすがないと移動できない。

少しずつ機能が失われていくのをただ見ているだけなのがつらい。

清水さんは夫の部屋に目を向け、「あの」と小声になる。

「猪熊医師とも相談したのですが、そろそろ人工呼吸療法をどうするのか、話し合ったほうがいいかと思います」

あと一年もすれば呼吸に使う筋肉の機能低下が起こる。ALSの死因のひとつに、呼吸不全があるため人工呼吸器をつけるかどうか決めなくてはならない。

人工呼吸器を装着してしまうと、取り外すことは死につながる可能性があるため、慎重な決断が必要だと説明を受けた。早い段階で着けた場合、本人の意思がしっかりしていれば外すことも不可能ではないとも言われた。

だからこそ早めに決断する必要があるのに……。

「あの人、その話をしたがらないんです。『今度』とか『まだ決められない』ばかりで……」

重いため息がこぼれ、床に留《とど》まり、それが私をもっと息苦しくさせる。

ノートを受け取った清水さんが膝を折り、私と視線を合わせた。

「あくまで個人的な考えですが、呼吸筋麻痺《まひ》……呼吸がしにくくなるということは、ALSの終末期だと思われがちですが、私は維持期だと考えています。胃ろう、と言って胃に穴を空け、直接栄養を取ることと併用すれば、今の医学では余命を延ばすことは可能です」

「そうですよね。わかっているんですけど……」

また、ため息。

夫の意志を知りたいけれど、そもそも私自身どうしたいのかわからずにいる。初めてのことばかりで、毎日鈍いダメージを喰《く》らい続けているような気分だ。

「カンファレンスを開くのはどうでしょうか？　猪熊医師や私たちがいる場所で意志を確認すれば答えが出るかもしれません」

私はなんて答えたのだろう。気がつくと清水看護師が玄関を出て行くところだった。こんなふうに時間を飛び越えることがたまにある。

慌てて見送ったあと、夕飯の準備をはじめることにした。

冷蔵庫に貼ってある『ALS患者のための食事』の用紙は病院の管理栄養士からもらった。体重減少を抑えるためには高カロリーの食事が必要だと書かれてある。

今日はあんかけチャーハンにした。食べる力は衰えていないが、補助具を使わないと口もとまで食事を運べなくなってきている。

多めのごま油で具材を炒《いた》め、そこに卵を落としてかき混ぜる。白米を入れて味つけをしていると、夫の部屋のふすまが開く音がした。電動車いすのモーター音が近づいてくる。

「いいにおい。今日はチャーハン？」

痩せた顔にうなずく。

「あんをかけるから食べやすいと思うよ」

夫はテーブルの上に置いてある新聞にゆっくり手を伸ばし、時間をかけてたぐりよせた。

「手足がどんどん動かなくなってる。もっとリハビリしないとな」

「だからって階段での練習はダメでしょ。落ちたら危ないし、私ひとりでは抱えられないもの」

「まだなんとかひとりでできるから大丈夫」

どうしてこの人は平気な顔をしているのだろう。気丈にリハビリに精を出せるのだろう。

夫の生活は一変した。家から出ることもままならなくなり、自分でできることが日々減っている。それなのに、なぜ弱音を吐かずにいられるの？

もしそうなら、私も一緒に泣けるのに。この悲劇をふたりで分かち合えるのに。

丸皿二枚にチャーハンを入れ、今度はあんを作る。

「名探偵とまた、推理ゲームをしたいんだけど」

「またそれ？」

よほど退屈なのだろう、たまに仰々しい封筒に入れた手紙を渡されることがある。そこに書いてあるヒントを頼りに、夫が隠した物を探し当てるというもの。キッチンタイマーだったり綿棒だったりと、必ずしもすぐに使わないグッズばかり隠してあった。

「じゃあご飯のあとでね」

手紙を受け取りエプロンのポケットにしまった。

「今回は難問だからな」なんて、本当に気楽な人だ。

「あとさ、ケアマネさんに連絡してヘルパーさんを頼んでおいてよ」

ついでのように夫は言った。ケアマネというのは、ケアマネジャーさんの略で、夫が使うサービスを依頼したり調整してくれる人のこと。

「え？　ヘルパーさんをお願いするの？」

「ひとりで風呂に入るのは限界っぽくてさ。清水さんとこにも頼めるけど時間が限られてるだろ？　訪問介護のヘルパーさんに風呂を手伝ってもらいたい」

新聞を読みながら夫は、天気の話でもするように言う。

「お風呂の手伝いなら私が――」

「金ならある」と、ニヤリと笑う夫。

「俺の仕事、なんだったか忘れたのか？」

「ああ、そうね……」

夫は、昔から保険マニアだ。自分の会社の保険のみならず、いくつもの保険会社の商品を契約している。

今回病気が発覚したことにより、介護保険を申請した。要介護2の判定が出たおかげで、契約していた『介護に備える保険』と『介護ライフ』から驚くほどの一時金がふり込まれていたし、通院するたびに給付金が下りるおかげで、収支はプラスになっている。来月にはまた違う保険会社から一時給付金が下りるそうだ。

「仕事もそのうち辞めることになると思う。そうしたら退職金以外にも保険から給付金が出るよ。それに、公的な助成金だってもらえる」

「それはわかるけど……」

新聞をたたみ、夫は車いすを窓辺へ移動させた。窓の外には真っ赤な夕焼けが広がっていた。

「今は家族に頼るよりもプロに頼みたいんだ」

車いすに乗る夫の影がこっちに向かって伸びている。

なにも言い返せず、沸騰するあんの粘り気のある空気の泡を眺めた。

「これからもっと体が衰えていく。和実の負担にならないように今からできる限りの介護サービスを利用していきたい」

「ああ、そうね……」

「病気はこれからも進行していくと思う。でも、僕が死んでしまったとしても大丈夫。死亡保険金は山ほど——」

「手を洗ってきてくれる？　もう出来るから」

車いすを操作し、夫が洗面所に向かった。

いずれ亡くなる病気だと理解していても、そんな日のことは考えたくない。

夫はもう私が病気を受け入れているとでも思っているのだろうか。だとしたら大きな間違いだ。

余命宣告をされたあの日から一歩も動けずにいることを、どうしてわかってくれないの？


由梨花はずるい。

夫の病気が発覚してから家に来る頻度が減り、来たとしてもそそくさと帰ってしまう。今日も私がお風呂から出たら、リビングに座りお菓子を片手にテレビを見ていた。

もう夜の十時を過ぎている。夫が部屋に戻る時間を狙っているのは間違いない。

「ビックリさせないでよ」

「勝手にビックリしてんのはお母さんのほうでしょ」

タオルで頭を拭きながら文句を言うが、暖簾《のれん》に腕押し。

「いつの間にかいたら誰だって驚くじゃない」

「チャイム鳴らしたらお父さん起こしちゃうかもしれないし、ちゃんとLINEしてから来てるもん」

弁が立つのは夫によく似ている。私には悪態をつくくせに、近所の人には愛想がよくて『いい娘さんね』と言われることも。

「お風呂に入ってたんだから見てないわよ。それに、夜の外出はダメよ」

「今日はあの人夜勤だから大丈夫」

「そうじゃなくて、あちらのご両親に失礼でしょう?」

　嫁が夜に外出するなんてありえないことだ。前回きつく言い聞かせたはずなのに、由梨花には響かなかったらしい。

　昔からそうだった。注意するとその場では深く反省したかのように見せておいて、同じことをくり返していた。門限を破ったり、勉強をしなかったり、片づけをしなかったり。

「大丈夫だってば。章人の家族みんな、お父さんの病気のことを知ってるし」

　ごくごくとジュースを飲む由梨花を見ていると、お腹のなかがモヤモヤする。おそらく『父の介護を手伝ってきます』とでも言ってきたのだろう。

　――なにも手伝わないくせによく言うわよ。

　喉元に込みあげる言葉を無理して呑《の》んだ。

　そんなことを言ってしまったなら、もっと孤独になる。

　介護をして初めて知った。誰かを支えるということは、世間から切り離されていくということを。

娘にすら理解してもらえず、ひとりで戦う毎日が永遠に続くような気がしている。じゃあ同情的な言葉がほしいかと聞かれればそれも違う気がする。

夫を担当しているケアマネジャーさんからは、家族介護教室に参加するように言われている。介護をしている家族が集まり、お互いの状況について話し合う会らしいが、断り続けているせいで最近では口にしなくなった。

状況が変わるならいくらでも参加したいけれど、右肩下がりで悪くなっていく今、参加する意味を見出《みいだ》せずにいる。

清水さんもいい人だとは思うけれど、結局は仕事をしているだけ。夫の症状を観察していても、それを支える家族のことまでカバーする義務はない。

「ああ」と今日何度目かのため息がフローリングに落ちた。

マイナス思考がどんどん加速しているようだ。

「そんなにつらいなら施設にお願いすればいいじゃん」

由梨花はあっさりと言った。

「ちょっと――」

「お父さん、たくさん保険に入ってるんでしょ。ネットで調べたら、今の福祉とか障害者施設ってすごいんだって。医療体制が整ってる施設もあるし、値段は高いけど手厚い介護が受けられるんだよ」

怒りよりも驚きのあまり唖然としてしまう。体の力が抜け、思わずテーブルに手をついていた。お風呂に入ったばかりなのに、汗が体から噴き出している。

「……そういうこと、冗談でも言わないで」

絞り出すように言葉にした。

「冗談なんかじゃないって。つらい気持ちで介護するくらいなら、プロに任せたほうがいいと思う」

「やめて……」

「近くの施設にすれば、お母さんだって穏やかな気持ちで会いに行けるし——」

「いい加減にしなさい！」

気がつけば怒鳴っていた。きっと、夫の部屋にも聞こえてしまっただろう。

「そんな話、この家ではしないで」

また孤独の階段を一歩降りたような気分になる。深く永遠に続く階段の先は、暗闇に閉ざされている。

「施設に対するイメージを変えたほうがいいって。今度一緒に見に行こうよ」

もうこれ以上聞きたくないのに、どうして話を止めてくれないの？

「じゃあ」と声のトーンを抑え、ソファの上であぐらをかく娘に目を向けた。

「お父さんの気持ちはどうなるの？　お父さんはこの家に住みたいって思ってるし、お母さんもそう。なにも手伝わないあなたに簡単に言ってほしくない」

不満げに今度は由梨花がため息をついた。

「それ、お父さんに聞いたことあるわけ？」

「ないけどわかるの。お父さんがこの家が好きだってことは……」

ダメだ。怒りのあまり言葉が震えてしまい、先が続けられない。

これ以上話をしてもムダだし、お互いに険悪になるだけ。

「とにかく今日は帰りなさい」

「あ、そう。じゃあ勝手にすれば」

床を踏み鳴らし、由梨花は出て行った。

ドアの内側からカギを締め、そのままあがり框《かまち》に崩れるように座る。罪悪感に胸をギュッとつかまれている気分。

施設になんて絶対に入れない。たとえ全身の筋肉が動かなくなっても、自宅で過ごしている人はいると聞いている。

日本ALS協会の公式サイトは何度も見てきた。同じ病魔に侵されながらも活動的に生きる人たちを見て何度も勇気づけられた。個人のブログやSNSのチェックもしている。

けれど、このあたりにALSの支援者団体はない。近くで開催されている家族介護教室にも同じ病気を抱える家族は出席していないそうだ。

誰かと分かり合いたい。同じ苦しみを持つ家族同士なら、心の底で渦巻く感情を言葉にできるのに。そう思う一方で、参加したって理解し合うのは難しいとも思う。

「……ダメ」

また暗い思考に陥ってしまった。由梨花があんなことを言ったのは、私が暗い顔をしているせいだ。せめて気持ちだけでも明るくしないと。

明日の朝食は久しぶりに豚汁でも作ろう。圧力なべで具材を煮込めばゴボウやレンコンだって柔らかくなるだろう。

野菜のストックを確認していると、ふと夫からもらった手紙のことを思い出した。『今回は難問だからな』と言っていたはず。

こんな気持ちじゃベッドに入っても眠れないだろう。台所の隅にかけてあるエプロンから封筒を取り出した。分厚くて紺色の封筒は、夫が杖で歩けていたころに文具ショップで買ったものだ。

封筒の表には『名探偵への挑戦』とマジックで書かれてある。何度も再利用しているせいで、端の部分は色がはげている。

便箋には夫からのヒントが、表に書いてあるのよりも崩れた文字で記してある。

『**キノシタにタンクあり。そうさくセよ。**』

今回はタンクを隠してあるのだろうか。タンクと言ってもうちにあるのはせいぜい灯油タンクくらいなもの。庭の隅にある物入れにしまってあるし、夫はひとりで庭には出られない。なにか違うものだ。

よく文字を見ていると、ひらがなとカタカナに分かれている。

「あ……」

思考回路がつながった。カタカナだけを拾えば『キノシタタンクセ』で、並び変えると『センタクキノシタ』、つまり『洗濯機の下』が答えだ。

難問と言ってたけど、前回に比べるとずいぶん簡単に思える。明日の朝、夫が気づくように隠されていた物をテーブルの上にでも置いておこう。きっと夫は悔しがるだろう。

不思議なもので夫に出される推理ゲームをしているときだけは、気持ちが軽やかになる。特に問題が解けたときは鼻歌を歌ってしまうほど。

洗面所に行き、洗濯機の下を覗き込むと、一枚の封筒が置かれてあった。いつものようにグッズが隠されていると思っていたから拍子抜けした。

ひょっとしたら今回の推理ゲームは二段階での出題かもしれない。封筒はあの文具ショップで買ったものではなく、真四角の白い封筒だった。表にはゆがんだ文字で『名探偵さんへ』と書いてある。

封を開くと、手紙のなかの夫が語りかけてきた。

＊　＊　＊

名探偵さんへ

今回も推理お疲れ様。

これまでもたくさんの謎を解いてきましたね。

そろそろ指がうまく動かなくなってきました。

長い手紙を書けるのも最後かもしれないと思い、今回の品物は手紙にしました。

一年前の夏、君を湖西第二病院へ連れて行ったね。
実はもっと前に検査で判明していて、
『早く家族を連れてくるように』と猪熊医師から何度もせっつかれていたんだ。
和実がショックを受けることはわかっていたし、直接言う勇気もなかった。
今さらだけど、申し訳なく思っている。

いつも冗談ばかり言ってしまうのは、
自分自身がこの現実と向き合えていないからだと思う。
だけど清水看護師はやっかいな人でね。
『自分の気持ちをちゃんと伝えるように』と怖い顔で言ってくるんだ。
口で言う自信がないから、ここに書こうと思う。

なぜこの病気になったのかについて、毎日のように考える。
現在の医学でも判明していないのだから僕にわかるわけもないし、

わかったところでどうしようもないことも理解している。
ただ、和実に苦労をさせて申し訳ない。
そればかり考えてしまうんだ。

この手紙を読む前後に、由梨花から施設への入所を勧められると思う。
それは僕が由梨花に頼んだこと。
和実にはいつも笑顔でいてほしい。
僕のことで苦労をかけたくない。
自分で伝えなくちゃいけないのに、僕はやっぱり弱くて、
娘にお願いしてしまった。

市内に神経難病専門のホスピスがいくつかある。
ここからだと少し距離はあるけれど、そこに入所させてほしい。
そのほうがきっと平穏な気持ちで会えるはず。
だから、
一度考えてみてほしいんだ。

そして、大切なことを伝えるよ。

僕は人工呼吸療法を希望しない。


これが今回の推理ゲームの答えだよ。

＊　＊　＊

どれくらい座っていただろう。

頬を流れるのが汗なのか涙なのかわからない。もう一度読み直そうと便箋を広げたけれど、文字が頭を素通りしていくようだ。

夫の部屋の前に行くと、ふすまの間から光が漏れている。

「友紀」

声をかけると、布団が擦《こす》れる音がした。

ふすまを開けると、夫はベッドの下に座り込んでいた。膝を抱え、まるで子どもみたいにうつむいている。

「手紙、読んだよ」

　そう言うと、

「ごめん」

　と夫はつぶやいた。白髪染めをやめたせいか、体重が落ちたせいか、ずっと年上に見える。

「施設に入るの？　本当にそれが友紀の希望なの？」

　答えないのが答えだということは、長年の夫婦生活でわかりきっている。

　夫の前に膝をつくと、「でも」と弱気な声が聞こえた。

「人工呼吸療法はしない。それだけは変わらない」

「じゃあ、施設に入るのは嘘だよね。私のためを思ってそう書いたなら訂正して」

「でも」と夫は同じ言葉をくり返した。

「和実に迷惑をかけたくない」

「うん。きっと私でも同じことを言うと思う」

　驚いたように夫が顔をあげ、すぐに伏せた。

「ずっと悩んでいるし、これからもそうだと思う。でも、友紀からの手紙を読んでわかったことがあるの。介護って孤独なんだと思い込んでいた。だけど違うんだね。

友紀がいるから、友紀がここにいてくれるからがんばれるんだって。ひとりじゃなくて、友紀とふたり――」

言葉の代わりに涙がこぼれた。熱い涙に思考が整理されていくのを感じる。

「先のことばかり考えてた。友紀の体が動かなくなったら、声が出せなくなったら、食べ物が喉を通らなくなったら、ってそればっかり。今を見ることができなくなってしまっていた」

「僕だって同じ。呂律が回らないし、体をうまく動かすことができない。ジワジワと弱っていく自分が怖くてたまらない」

夫の手を握ると、夏とは思えないほど冷たかった。

「今回の推理ゲームは難問なんかじゃない。答えは簡単、施設には行かないってこと。人工呼吸療法については次回の問題にしましょう」

夫の瞳から涙がひとつこぼれた。夫が泣くのを見たのは由梨花が生まれたとき以来のことだった。

「私も今をちゃんと見つめるから、友紀も同じようにして」

「僕は……この家にいたい。そして、和実と一緒に出かけたい」

「行きたいところがあるなら一緒に出かけようよ。私だってそれなりに調べてるんだよ。介護保険では難しくても、自費のヘルパーさんを雇えばどこにだって行けるんだから」

残された時間が限られているのなら、ここで立ち止まっていてはいけない。いつか来る夜に怯《おび》えるよりも、今この瞬間をふたりで生きたい。

「お金がかかるだろ?」

そう言う夫にニヤリを笑ってみせた。

「金ならある、って言ってたのは誰だっけ?」

つられるように夫も少し笑った。それから夫は、行きたい場所をいくつかあげてくれた。

あとで由梨花に連絡をしよう。そして、出かけるときには手伝ってもらおう。章人くんに車を出してもらうのも手かもしれない。

もう迷わない。いつか夜が訪れたとしても、この手を絶対に離したりしないから。

フローリングでバスタオルをたたむ。

ひとつでは足りないので四枚用意し、フェイスタオルは六枚用意した。

「それ、必要なの？　お風呂用のはいらないって言われなかったっけ？」

由梨花の声に、そうだ来てたんだっけ、と今さらながら思い出す。

「お父さんのベッドに敷く用と、よだれ拭き用に必要なんだって」

「あたしも手伝うよ」

フローリングに腰をおろし、手際よくバスタオルをたたんでいく由梨花。

夫にあの手紙をもらってから一年が過ぎ、今年も夏がこの街を熱している。今朝は庭の水やりが遅れ、外に出ただけで汗が出た。

「で、お父さんにはあいかわらず会えないわけ？」

「病院でコロナがまた流行《はや》ってるんだって」

夫はあれからも自宅で生活を続けている。訪問看護師だけでなく痰吸引ができるヘルパーや自費のマッサージという福祉サービスを多用するようになり、福祉用具の種類も増えた。

一度受け入れてしまうと、夫の機能が少しずつ低下することにショックを受けることも少なくなった。

体験談を読む限り、夫の進行はほかの人に比べると緩やかで、自力では立ちあがることはできないし、ほとんど話もできなくなったけれど、パソコンの文字はいまだに私より早く打つことができる。医師の話では、眼球の動きで文字を入力できるパソコンもあるらしい。いずれそういう物も取り入れることになるだろう。

できないことを数えるより、できていることに注目するようになれたのは、周りの手助けのおかげだ。車いすで外出するときも、近所の人と話をすることが増えた。

こんなふうに毎日は続いていくと思っていた先週のこと。夫が高熱を出してしまい、清水さんに相談した上で救急車を呼んだ。

検査の結果、食べ物や飲み物が肺に侵入し細菌が生息する『誤嚥性肺炎』だと診断された。

入院して一週間、いまだに熱は下がらないし、コロナのせいで面会もできずにいる。

「お父さん、あいかわらず人工呼吸器をつけるの拒否してんでしょ？」

由梨花が大きくなったお腹に手を当てながらソファに腰をおろした。

「酸素マスクはつけてるけど、呼吸器は嫌なんだって」

「それでいいの？　人工呼吸器をつけたら呼吸だって苦しくないし、長く生きられるのにさ」

「いいのよ。お父さんの決断を支持したいから」

あれからALS患者を抱える家族会へオンラインで何度か参加した。人工呼吸療法を選択している人は思ったよりも少なく、三割くらいだった。夫も一度だけ参加し、文字でのコミュニケーションを取っていた。

「由梨花も毎日来てくれるけど、そんなに心配しなくていいのよ。赤ちゃんもそろそろだよね」

「前は手伝え、って言ってたくせに」

時間の流れはなんて早いのだろう。つい最近妊娠が発覚したと思ってたのに、間もなく出産予定日になろうとしている。

「それに」と由梨花は庭で草むしりをしている章人くんに目を向けた。こんな暑い日に朝から庭に出てくれている。

「あの人がお母さんの手伝いをしたいんだって。ちなみに前から私もお父さんの、ってよりお母さんの手伝いに来てたつもり」

「そうね。ありがとう」

たくさんの人に守られている。去年退職した夫のもとに、何人もの同僚がお見舞いに来てくれたし、入院する直前にはOBの人まで訪ねてきてくれた。

「そんなことより、これずっと置きっぱなしじゃん」

ローテーブルの上に置きっぱなしの手紙をあごで指す由梨花。表には例の文字、『名探偵への挑戦』が書かれてある。

「入院でバタバタしちゃって、それどころじゃなかったの」

「じゃあ今からやればいいじゃん。病院行く前に解いていけば、もし面会できたら答えを言えるし」

すっかりよれよれの封筒を受け取ると、去年もらった手紙のことを思い出した。

あのころはまだ字が書けていたっけ……。

私は贅沢《ぜいたく》だ。前は歩けていた、文字が書けていた、話ができていた。あんなに現状に目を向けようと誓ったのに、気がつけば過去にすがりついている。

定期受診に行く由梨花と章人くんを見送ってからソファに腰かける。

『名探偵への挑戦』はあのあとも続いている。最近では動けない夫に代わり、清水さんがグッズを隠しているらしい。前回は探しまわった挙句、トイレのタンクの下で見つけることができた。

隠し物は花の種が多かった。コスモスやスミレ、カスミソウやプリムラ。今は春に蒔《ま》いたヒマワリが夏の日差しを浴び美しく咲いている。

「友紀にも見せたいな……」

施設に入所せずにやってきてよかった。

まだ会えなくなって一週間なのに、こんなにさみしくて仕方がないのだから。きっと熱は下がる。退院したら夫に庭の花を見せてやりたい。あなたのくれた花の種が、こんな美しく育ったんだよ、と。

手紙を開くとパソコン打ちした文字が並んでいた。


『音階どおりなら上だけど逆』


この一年、夫は気丈にリハビリをがんばっていた。

うちの軽自動車は車いす対応の特別仕様車に代わり、ふたりでいろんなところへ出かけた。最初は浜名湖一周ドライブにはじまり、先月は自費のヘルパーさんに手伝ってもらい岐阜県の高山まで出かけた。

私たちが特に気に入ったのは掛川市。掛川城や図書館、美術館には何度も足を運んだ。

プリントした写真は今も夫の部屋にたくさん飾ってある。

きっと帰ってくる。そのためにも私も笑顔でいなくちゃ。

自分を奮い立たせ、夫からの挑戦状に目をやる。今回も簡単だ。音階というのはドレミファソラシドのことだろう。音階の逆なら、ドシラソファミレド。このなかで単語になるのは『ソファ』だけ。『上だけど逆』は下という意味。

「ソファの下ね」

体をかがめ覗き込むと、ソファの下地に封筒が張りつけてあった。きっと清水さんの仕業だろう。

夫からの手紙は久しぶりだ。『人工呼吸療法を希望しない』の文章を見たときは驚いたけれど、由梨花に言ったように、夫の選択を受け入れている。

またなにか怖いことを書いてないといいけど……。

嫌な予感を断ち切るように手紙を開いた。

＊　＊　＊

名探偵さんへ

まさか正解するとは、どうやら名探偵さんを甘く見ていたようだ。

今回は花の種ではなく、久しぶりに和実に手紙を送ります。
大丈夫、今日は不思議な話を知ってもらいたいだけだから。
嫌な予感がした?

『終着駅の伝説』を聞いたことがある?
天浜線沿いに住む人たちの間では有名な伝説なんだ。
『「思い出列車」に乗って、会えない人に会いたいと心から願えば、
終着駅で会うことができる』
たしか、そんな内容だったと思う。
幼いころ、なかなか寝ない僕に母親が寝物語として聞かせてくれたんだ。
もちろん信じていなかったけれど、去年その話を久しぶりに耳にした。
覚えてるかな、
和実を連れて初めて病院へ行ったときに列車にいた姉妹のことを。
彼女たちが『終着駅の伝説』について話をしていて、
懐かしくて話しかけたんだ。

すると彼女たちは『本当にある』と揃って言ったんだ。
しかも体験してきたところだ、と。
驚いたよ、冗談でもなく真剣な口調で言うのだから。

そこで僕は思った。
僕の病気はやがて筋肉が萎縮し、最後はしゃべることもできなくなる。
実際、文字も書けなくなったし、最近ではうまく話せなくなってきているよね。
もしも僕と話したいと思ったら、この伝説を信じてみてほしい。

どこからでもいいので天浜線に乗り、
終着駅である掛川駅に着くまでの間、僕に会いたいと願ってみて。
彼女たちが言うには、
そのあとのことは二塔という名前の駅員が教えてくれるそうだ。

こんな話、君はきっと顔をしかめて読んでいるんだろうな。
でも、自分の体がいよいよ動かなくなったとき、僕はやっぱり和実に会いたい。

会って話がしたいって心から思うだろう。

今日の推理は以上。

次回の活躍も期待しているよ。

＊　＊　＊

翌日、朝一番で湖西第二病院へ向かった。

本当は昨日行くつもりだったけれど、電話で確認したところ珍しく猪熊医師から話があるとのことで取り次がれた。主治医は猪熊医師のままだけれど、最近は呼吸器内科の医師とのやり取りが続いており、声を聞くのは久々だった。

猪熊医師は挨拶もそこそこに、

『実は、今日で退職することになりまして』

あっけらかんと言った。

『有休が残っているのでしばらく在籍はしていますが、今日は引き継ぎでバタバタしておりまして。後任の医師に明日以降会ってください』

猪熊医師は愛知《あいち》県でこれまでとは違う診療科の病院を開業するそうだ。最後はあっさりと電話が切られてしまった。

夫の病気がわかってからもう三年目。実際、この一年は訪問診療の医師が様子を見てくれている。

いろんなことが変わっていくんだな、と思った。

バスを降りると、湖西第二病院が私を見下ろしている。

車で来なかったのは、昨日の手紙の内容が頭にちらついて運転に集中できそうもなかったから。

「『終着駅の伝説』か……」

手紙の文面から、実際に起きると信じていることが伝わった。浜名湖鉄道で掛川駅まで行けばまた話をすることができる、と。

きっと私は行かないだろう。病気が発覚して以降は現実世界を這うようにして生きてきた。少しは前向きになれたと思ったら、打ち砕かれることのくり返し。

ただでさえ不安定に気持ちが揺れる日々。そんな夢みたいな話を信じることはできない。どこか呑気《のんき》な夫がうらやましくて、少し腹立たしい。

「ダメ」

悪い感情を打ち切って入口へ向かうと、運動会で使うような白いテントが張ってあった。折りたたみテーブルに置かれたパソコンを数名の看護師が操作している。

「院内感染を防ぐため、面会禁止なんです」

私の前に並んだ老婦人に若い看護師が申し訳なさそうに言った。

コロナの影響で面会禁止が続いている。防護服を着た看護師が体調の悪そうな男性を院内へ案内しているのがみえた。

「藤沢友紀の妻です。三階の十号室です。タオルを持参しました」

私の番になり、タオルの入った袋を手渡した。

「ありがとうございます。藤沢……あ、はい。すみません、少々お待ちください」

看護師は手元にある院内用の電話を手にした。

しばらくして、私は念入りに手を洗ってから『患者相談室』へ通された。休診日のように院内は静まり返っている。

数分が過ぎ、相談室に防護服を着た医師と看護師の柴田《しばた》さんが入ってきた。柴田さんはベテランの看護師で、受診のときに顔を合わせることが多かった。

「新しく藤沢さんを担当させていただく田辺《たなべ》と申します」

顔は防護服のせいでよく見えないけれど、張りのある声で若そうな医師だ。

「いつも主人がお世話になっております。よろしくお願いします」

　座ったまま深く頭を下げた。

「早速ですが、藤沢さんは現在、誤嚥性肺炎の治療を受けております」

「はい」

「呼吸器内科のドクターから申し送りがありました。言いにくいのですが、状態がよくありません。抗生剤で様子を見ておりますが、熱は高いままで、酸素飽和度も減少を続けています」

　神妙な顔つきの田辺医師、隣の柴田さんは目を伏せている。高熱で酸素がうまく取り入れられていないということだろう。

「あの……誤嚥性肺炎は治らない病気なのでしょうか？」

　肺に入った異物を取り除けばすぐに治ると思い込んでいたから、ふたりから漂う悲愴《ひそう》感に違和感を覚えた。

「薬の投与や痰の吸引を継続しておりますが、藤沢さんは人工呼吸療法を希望されておりませんので、できることには限界があるかと」

「それはＡＬＳの治療に関してはつけないっていうことじゃ……」

「和実さん」

柴田さんがやさしく私の名を呼んだ。

「藤沢さんが交わした契約書においては、どんな状況でも人工呼吸器をつけないことと記載されているのよ」

「え……はい、私も読みました。でも……どうか、どうかよくなるまでは人工呼吸器をつけてください」

ふたりに頭を下げながら、それは無理な話だろうと自分でも思った。

田辺医師はこれから起こりうる可能性について丁寧に説明してくれた。人工呼吸器はつけられないが、現在は酸素マスクを装着していること。今後、肺炎が進行し呼吸不全が起きる可能性があること。

感情を含まない事務的な口調が逆にありがたかった。

そして、最後に田辺医師はこう言った。

「このまま続けば命の危険もありえます」と。

列車の窓の向こうに浜名湖が広がっている。

手前の緑の木々は流れて見えるのに、雄大な浜名湖はどんと構えて動かない。まるで周りで起きる様々な出来事を静観しているように見える。

どこか、夫に似ている気がした。治る見込みのない難病だと知っても、夫は動揺することなく、むしろ健常な私のことを気遣ってくれている。

私も夫のようになれたならどんなにいいだろう。心の奥では苦しんでいるに違いない夫をもっと支えてあげられるのに。

これまでの日々は、現実から目を逸らせるしかない日々だった。健康な人をうらやんだり、妬んだり、些細なことでイライラしたり。

私や夫に起きていることは、周りから見れば他人事でしかない。やさしい言葉をかける裏で、自分の身にふりかからなくてよかったと胸をなでおろしている。

交友関係が狭くなったのは、嫌な自分を見たくなかったから。じゃあ、そのぶん夫にやさしくできているかと問われたら、それも違う。

少しずつ改善はできていると思うけれど、私の焦燥感や苛立ちを夫は敏感に察知していただろう。

列車はもうすぐ天竜二俣駅に着く。家に帰り、由梨花に今の状態について話し、そして病院からの入電を震えて待つ。考えるだけで足もとから言いようのない恐怖が這いあがってくる。

また、『終着駅の伝説』のことを思い出した。今日だけで何度も考えてしまう。とても信じられないけれど、夫からの最後の手紙に書いてあったことがもしも本当のことならば……。

「最後？」

思わずつぶやいていた。回復を願っているのに、どうしてあきらめているの？　きっと夫はよくなるはず。そして病院のベッドで私に手紙を書いてくれるはず。願うそばから絶望感が生まれ、車内を薄暗い景色に落としていく。

天竜二俣駅への到着を知らせる車内アナウンスが流れた。夫と暮らした街が見えてくる。天竜川も古い街並みも、すぐ近くまで迫る山々も色あせている。

立ちあがることができないまま、列車のドアが開き、また閉まった。軽い揺れとともに列車は再び走り出す。

目を閉じ、夫との思い出を辿った。

出会い、そしてあのプロポーズ、夫の好きな小説、由梨花が生まれた日、運動会で派手に転んだこと、休みの日にソファで眠りこけている姿。

なにもかも美しくて、二度と戻らない思い出たち。ソーダの泡みたいに、後悔もぽつぽつと生まれている。

もっと大切にすればよかった。もっとたくさん話せばよかった。もっといろんなところへ出かけたかった。もっとやさしくしてあげたかった。

この伝説が本当のことなら、夫に伝えたい。

私が幸せだったことを、そしてたくさんの後悔があることを。


ふと気づくと列車は停車していた。いつの間にか寝てしまったのだろうか。

無人駅から乗車したので運賃を支払わなければならないのに、どこにも運転士の姿がない。改札口にいる人に渡せばいいのだろうか。

列車から降りると、改札口とは反対のほうから駅員が歩いて来るのが見えた。

「すみません」

バッグを漁《あさ》るが財布が見当たらない。トートバッグに入れたことを思い出した。

「藤沢和実さんですね。私は二塔と申します」

財布を取り出そうと伸ばす腕が止まった。

柔らかい髪を風に泳がせる駅員。その名前に聞き覚え、いや、見覚えがある。

夫が手紙に書いていた名前だ。

「二塔さん……」

「二つの塔と書いて二塔と申します」

丁寧に頭を下げる男性から無意識にあとずさりをしていた。気にする様子もなく、二塔さんは帽子を胸のあたりで抱いた。

「『思い出列車』へのご乗車、ありがとうございます」

「え……あの」と言ったきり言葉が出てこない。

どうして私の名前を知っているのか、伝説は本当のことなのか。聞きたいことはたくさんあるのに、私は頭を下げていた。

「お願いします。夫に会わせてください」

夫の顔が次々と頭に浮かぶ。どの顔の夫も笑顔で、やさしい目をしている。

「承知いたしました。友紀さんにお会いすることはできますよ」

胸のあたりが熱くなり、涙が頰を伝った。

夫が言ってたことは本当のことだったんだ……。

会いたい。会って話がしたい。これまでのことを謝って、これからも一緒に生きていきたい。

「改札口の向こうでお待ちです。改札を通り抜けるまでご主人様のことを想ってください」

遠くに見える改札口が蜃気楼《しんきろう》のように揺れている。

足を踏み出すと、夫の声が耳元で聞こえた。

『好きです。つき合ってください』

『この小説、本当におもしろくてさ、和実にも読んでほしいんだ』

『改めて言わせて。僕と結婚してください』

『由梨花を生んでくれてありがとう』

柔らかい記憶に包まれながら改札口を抜けると、目の前には見慣れたドアがあった。これは……キッチンにつながるドアだ。

ふり返っても改札口はなく、廊下の奥に玄関のドアがある。

「夢……」

ぼんやりしているうちに自宅に帰ってきたのだろうか。フラフラとドアノブに近づき、キッチンに入るとソファに夫が座っていた。

「え……」

手にしていた小説をローボードに置くと、夫は立ちあがってほほ笑む。

「お帰り、和実」

その声が聞こえるのと同時に荷物を投げ捨てていた。

「友紀……友紀！」

その胸に飛び込むと、夫は強く私を抱きしめてくれた。

夢なんかじゃない。夫が帰ってきてくれたんだ。

「どうして……どうしてここに……」

涙があふれてうまく言葉が出てくれない。

「和実が伝説を信じてくれたからだよ。そうじゃなきゃ会えなかった」

泣き崩れる私を抱えるように、夫がソファに座らせてくれた。嗚咽をこらえ、夫の姿を改めて見る。その体に触れ、頬に手を当てた。

「夢じゃないのね。友紀に会えたんだね」

夫は、病気が発覚する前の体型に戻っていた。体つきもしっかりしているし、顔色もこんなにいい。

「ずっと会いたかった。和実ともう一度だけここで話がしたかった」

久しぶりに耳にする夫の声が、体全部に染みわたっていく。

「体は大丈夫なの？　肺炎になったって……」

「今もそうだよ。体は動かなくても五感は残っているらしくて、さっきまで高熱で寒くてたまらなかった。でも、ここにいれば平気」

大きな手で私の肩を抱き寄せる夫。胸に顔をうずめれば、今日までの苦しみが解き放たれるよう。

「ヒマワリがきれいだ」

耳元で夫の声が聞こえる。顔をあげ、庭で咲く黄色い花を探した。

「友紀がくれた種だよ。春に芽が出て、あっという間に大きくなったの」

「知ってるよ。入院する前はいつも枕元で話してくれたよね」

その言葉が胸にずしんと響いた。

夫に会ったらきちんと謝りたいと思っていた。だからこそ、もう一度会いたいと願ったんだ……。

体を離しても夫はやさしい笑みを浮かべている。

「謝りたいことがあるの」

「謝るって?」

「私、友紀みたいにやさしい人になれなかった。たまに落ち込んだり、イライラしたり、そういうの気づいてたよね?」

夫が肩をすくめた。困ったときにするしぐさだ。

「泣きたいのをこらえてる姿を何度も見たから」

やっぱりそうなんだ……。

「ごめんなさい。しっかりしなきゃって思ってたのに、私……」

「大丈夫だよ」

そう言うと夫は私の手を握った。施設に入るかどうかの話をしたときも、こうして手を握り合った。あのときも自分を戒めたはずなのに、結局うまくできずにいる。

「僕が病気になったせいで苦しめてごめん。それでも一緒にいてくれたことに感謝してるんだ。それに、今は前よりもずっと穏やかな気持ちでいられる」

「ああ……」

言葉と同時に涙がこぼれた。

きっと夫はもうすぐ旅立ってしまうんだ。信じたくないことなのに、すとんと心が理解している。

「そうだよ」と、夫は私の気持ちを汲《く》み取るように言う。

「もうすぐ僕はいなくなる。ギリギリまで家にいさせてくれて本当にありがとう」

「嫌だよ。そんなの嫌……。お願い、置いていかないで」

大切な人がもうすぐいなくなる。この世界から消えてなくなってしまう。

どんな悪いニュースも他人事だった。だけど、いざ自分の身にふりかかると、泣いて拒むことしかできない。

握っていた手を離し、夫は指先で私の涙をそっと拭った。

「こんな奇跡を最後に体験できたんだから、僕は満足してる」

「でも、でも……！」

「和実、よく聞いて」

夫は両手で私の頬を無理やり持ちあげた。そのときになって私はやっと気づいた。やさしい笑みを浮かべながら、夫の瞳からも涙がこぼれている。私のために無理して笑ってくれているんだ……。

「いちばんの心残りは君を置いていくこと。残されたほうがきっと悲しいし、苦しいと思う。だけど、和実が人生を終える日が来たらまた会える。少し先で待っているから、どうか和実らしく毎日を生きてほしい」

「友紀……」

「僕らは幸せだった。そして、また幸せになれるんだよ」

手の甲で涙を拭う夫の向こうで、ヒマワリがビデオを早送りしたようにしぼんでいく。まだ昼過ぎだというのに、空が徐々に赤く染まっている。

「この世界は時間が速く過ぎるみたい。浦島太郎の物語みたいだね」

夫はローテーブルに置いてあった封筒を渡してきた。

『名探偵への挑戦』と書かれた文字に気づき、差し出した手を引っ込めた。

「嫌よ。こんなときに推理ゲームなんてしたくない」

けれど夫は半ば強引に手紙を握らせた。珍しく焦った様子に、戸惑いを覚えながら手紙を受け取る。

「それじゃあ名探偵とは言えない」

「こんなときに冗談を言わないで」

まるで最後のゲームみたいでとてもやる気になれない。

「再会が終わったらそれぞれの現実に戻らなくちゃいけない」

「現実に……?」

さみしそうにうつむく夫が、小さくうなずいた。

「現実に戻れば苦しみながら最後を迎えることになる。だから、僕の希望は和実と推理ゲームをすることにしたんだ。そうすれば問題を解き終わるまではそばにいられるから」

手紙を持つ手が無意識に震えている。

「じゃあ解かずにいる。それならそばにいられるんだよね？」

「それだとすぐに現実に戻されると思う。それに、これはここで書いたんだ。だから解かないと、永遠に僕からのプレゼントは見つけられない」

「私には選択権がないのね」

肩を落とす私に、夫はニッコリ笑った。

「そういうこと。和実が考えてる姿がいちばん好きなんだ。答えがわかった瞬間にパッと顔を輝かせるのも好き」

「もう……」

見慣れた封筒を開き便箋を取り出すと、そこには夫の手書きの文字が並んでいた。几帳面《きちょうめん》でハネが大きい文字が懐かしくて涙がまたこぼれた。


『アルオネ』


こんな短いヒントは初めてだった。夫は得意げに胸を反らせて笑う。

「いいヒントだと思うよ」

「アルオネって花の名前にある？」

「ノーヒントで解いてみて」

解いてしまったら夫が消えてしまう。恐怖が思考を停止させる。

夫は窓ガラスにもたれて私を観察している。すごい速さで夕暮れが終わろうとしている。間もなく夜がこの街を、私たちを飲み込んでしまうだろう。

こんなときなのに推理ゲームをしているなんて不思議。だけど、このゲームをしているときは感情の波が穏やかになる。

今もそう。絶望のなかに一片の光が差しているように感じた。

「あっ」

頭のなかで夫の書いた文字がするすると変換された。解きたくないのに答えがわかってしまった。

「その顔が見たかったんだ」

目を輝かせ、夫はニコニコ笑っている。

「答えは――」

言いかけた唇は、夫の人差し指で塞がれた。

「言わなくていい。僕が消えるまではどうかこのままで」

「友紀……」

「間もなく命が終わるみたい。名探偵のおかげで――和実のおかげで苦しまずに旅立つことができそうだ」

そう言うと夫は両手を広げた。

「友紀」

抱きしめ合うそばから触れる感触が消えていく。

「お願い。行かないで、私を置いて行かないで……」

「君に出会えてうれしかった。僕の人生は和実のおかげで本当に幸せだった」

声も遠ざかっていくようだ。

「友紀……」

「君が好きです」

告白されたあのときと同じ言葉を言い、夫は目の前から消えようとしている。

「私も好き。ずっと好きだよ！」

「伝説を信じてくれてありがとう。一緒に生きてくれてありがとう」

やさしい笑みを残し、今、夫がいなくなった。

もうここには誰もいない。

その場に座り込みソファに顔をうずめて泣いた。泣いても泣いても悲しみは消えてくれない。

後悔をなくすためにがんばってきたのに、もういくつもの後悔が生まれている。

「友紀、友紀……」

何度呼んでも答えはない。暗闇に染まる部屋のなかにひとりぼっち。

どうすればいいの。友紀のいない世界で、どうやって生きていけばいいの？

スマホが震え、まぶしいほどの光に目がくらんだ。画面に病院の名前が表示されているのを見て涙が止まった。

ああ、本当に夫は私の前からいなくなってしまったんだ。もう同じ世界にはいないんだ……。

キッチンのドアを開けると、目の前には改札口があり、ホームに列車が停まっている。

切符を買ってホームに進むと、二塔さんが待っていてくれた。まるで私の悲しみを癒すようなさみしい笑みを浮かべている。

「友紀さんに会えましたか？」

「はい。ありがとうございました」

くしゃくしゃの顔のまま頭を下げた。

出発のベルに押されるように車両に乗り込む。二塔さんは一礼して去っていった。

夫からの最後の手紙を握りしめて席に着くと、列車が動き出した。

涙はまだとめどなく流れ続けている。だけど、夫がくれた奇跡を思えば、きっと歩いていける気がした。

私も帰ろう。あの人が大好きだった私たちの家へ。


初七日法要は身内だけでおこなった。

住職を見送っていると、風の温度が変わったことに気づいた。

「もう秋か……」

夫は今ごろあの世で笑っているのだろうか。

今でも、あれが夢だったのではないかと思う日がある。けれど、仏壇に飾ってある最後の推理ゲームの封筒が、私を励ましてくれている。

近所の人たちが弔いの言葉をかけて帰って行く。今度婦人会の集まりに参加させてもらうことになった。

ポケットに入れていたスマホが震えた。章人くんからのＬＩＮＥだ。

『今　分娩《ぶんべん》室に入りました』

初七日法要がはじまるのと同時に由梨花が産気づいてしまい、大慌てで病院へ向かっていた。

章人くんによると由梨花は病院が壊れるくらい絶叫しているそうだ。きっと元気な赤ちゃんを生んでくれるだろう。

リビングに戻ると清水さんが帰り支度をしていた。

「初七日まで来てくださってありがとうございます」

「とんでもないです。私もたくさん勉強させていただきました。和実さんは大丈夫ですか？」

たくさんの人が私を心配してくれている。それにも気づかないほど無我夢中の日々だった。もう苦しみにもがくことはない。これからは、もらったやさしさを返せる自分になりたい。

「夫が最後の推理ゲームをしてくれたんです。ヒントは『アルオネ』でした」

清水さんがうれしそうに目を輝かせた。なにか言いたそうに口を開き、慌てて閉じ、期待を込めた目で見てくる。

「最初は花の名前だと思っていましたが違いました。『アルオネ』をローマ字にすると『ＡＲＵＯＮＥ』で、逆さに読むと『絵の裏』になります。絵画の裏を見ると、次の問題が書かれた封筒があったんです」

自然に笑えていることに気づいた。

「その問題の答えはわかりましたか？」

絵の裏にあった便箋をポケットから取り出し、清水さんに見せた。

「ここに『宝物は４３３″が保管』と書いてありました。『４３３』を読み替えると『しみす』、そこに濁点を入れれば「清水」になります」

わあ、と歓喜の声をあげ、清水さんがバッグから手紙を取り出した。

「正解です！　友紀さんから託されていたのですが、『和実さんが言ってくるまでは渡さないように』って言われてて……」

「ご迷惑かけてすみません。推理ゲームが本当に好きなんですよね」

「でも、強い人ですよね」

過去形にしない清水さんに、「ええ」とうなずく。

「本当に強い人。私は夫の介護をしていたつもりでしたが、逆に力をもらっていたんだって今ならわかります」

きっとこれが夫からの最後の手紙なのだろう。でも、もう私は泣かない。

「私は……幸せです。これからも夫をガッカリさせないよう、私なりに元気でいようと思います」

清水さんを見送り、リビングに戻る。ヒマワリは枯れてしまったけれど、コスモスが鮮やかな色で庭を彩っている。

ソファに座り、空を見あげた。

次に会うのはいつになるのだろう。

その日を楽しみに私は生きていくだろう。

この推理は必ず当たる。

だって私は名探偵なのだから。

＊　＊　＊

和実へ

この手紙を読むころ、僕はもうこの世にいないだろう。

なんて、推理小説によくある出だしだね。

君が最後の推理ゲームに挑めるかは賭けみたいなもの。
『終着駅の伝説』を信じないと、問題を受け取れないからね。
清水さんには、和実がなにも言ってこなければ、この手紙を処分するよう伝えるつもり。

最後の手紙では、僕の本当の気持ちを伝えたいと思う。

病気が発覚してから、僕たちの日々は大きく変わったね。
動揺する和実を元気づけたくて推理ゲームを続けたけれど、
本当は僕のほうがくじけそうだった。
自分の不幸を呪い、運命をうらんだりもした。
それでも和実に生きていく力を与えたかったんだ。

君に初めて会った日のことを今でも覚えているよ。

出会った瞬間、和実と生きていく未来がはっきりと見えた。
プロポーズは失敗したけれど、僕たちらしい思い出だよね。

由梨花は今でもよくLINEをくれている。
言葉にはしないけれど、僕を、そして和実のことを心配してくれている。
やさしい子に育ててくれてありがとう。

この世を去る日に備えて、生命保険にたくさん加入してきたけれど、
大事なのはそうじゃないとわかった。
お金なんかよりも、僕は和実に笑っていてほしい。
そしていつか会えたときに、
君が体験したこの世のすばらしさを教えてほしい。

さみしいと思うけれど、僕は先の世界で待っているよ。
和実と生きた日々を思えば、なにも苦しくない。

たくさんの幸せをありがとう。

友紀

エピローグ

「二塔くん」

僕の名前を呼ぶ人は、この駅にひとりしかいない。

ふり向くと、暑そうに顔をゆがめながら松井《まつい》駅長が歩いてくる。

「お疲れ様です」

制帽を取ると、松井駅長は右手を顔の横でふった。

「いつまでたっても丁寧だね、君は」

「お話をするのはお久しぶりですね。お声がけいただきありがとうございます」

礼をする僕に、松井駅長は「ああ」とほほ笑んだ。

「君の姿が見えるのは、俺だけだからね。最初に見たときは驚いたよ」

松井駅長が若かったころを思い出す。

あれは松井駅長が入社してすぐのころだっただろうか。着慣れない制服姿で、誰よりも熱心に研修を受けていた。そんな松井駅長は次期社長候補のひとりだそうだ。

「懐かしいですね。掛川駅の駅長になってからはもう五年になりますね」

「君は変わらない。若い日に見たときのまんまだ。うらやましいよ」

笑うと目じりに深いシワが刻まれている。

しばらく黙ったあと、松井駅長は「なあ」とくだけた口調になった。

「今日は二塔くんに聞きたいことがあってね」

「はい」

「ここで案内役をしているのはなぜなのか教えてほしい」

まっすぐに僕を見つめる目がなぜか悲しげに思えた。

「『終着駅の伝説』を信じている人を案内するためです」

そう言うと松井駅長はおかしそうに口のなかで笑った。

「このやり取りをするのも何百回目だろうか。最後まで本当のことは教えてくれないんだな」

「最後ということは、今日で定年を迎えるのですか？」

「そういうことになる。最後くらいは教えてくれるかなって期待してさ」

驚いた。もうそんなに時間が経っていたんだ……。

僕は僕自身について考えないようにしてきた。だけど、今日で松井駅長と会うのが最後になるのなら――。

「駅員になるのが幼いころからの夢だったんです。だから、天竜浜名湖鉄道に入社でき、掛川駅に配属された日のことは今でも忘れられません」

「俺なりに調べてみたよ。入社してしばらくしてから亡くなったと記してあった」

「突発性の病気でした。気づけばこのホームに立っていて、駅から一歩も外に出られなくなっていました。そのときはまだ自分が死んでいるという自覚がなく、『終着駅の伝説』が実際に起きるような気がしたんです」

ふん、と松井駅長が興奮を抑えきれないように鼻息を吐いた。

「じゃあ伝説のほうが先だったってことか？」

「そうなりますね」

「会いたい人がいる、ってことか？」

松井駅長の表情が悲しげにゆがんだ。

「妹がいます。親を早くに亡くしたものですから、残された妹のことが心配でたまりませんでした。妹に会いたい。妹が『思い出列車』に乗り、僕に会いに来てほしいと願い、列車が到着するたびに探していました。乗車いただいた方を案内するのは、正直に言いますと、ついでという感じでした」

「だが……」

言い淀む松井駅長はやさしい人。昔も今も変わらない。

「何年経っても妹に会うことはできませんでした。そこでやっと自分がもう生きていないことに気づいたんです。もう妹も生きてはいないでしょう」

苦しくはなかった。再会を果たした人たちの笑顔を見ていると、いつしか自分の使命だと思えるようになった。

「そうか。そうか……」

感慨深げに松井駅長は目尻の涙をハンカチで拭った。

「僕はもうしばらくここで案内をさせていただきます。いつか、この伝説が忘れられる日が来たら、胸を張って妹に会いに行きます」

屋根のすき間から見える青空を仰ぎ、松井駅長はまぶしそうに目を細めた。

「きっとその日は来るだろう」

「はい」

「俺がいなくなっても頼んだぞ」

そう言うと、僕の返事も待たずに歩いていってしまった。

「お疲れ様でした」

頭を下げると、遠くからレールの響く音が聞こえた。

もうすぐ、顔に戸惑いを浮かべた旅人が降り立つ。

後悔を抱えた人と、思い残した人との再会を手助けする。

「もう少しだけ、待ってて」

妹につぶやき、ホームの端に立ち列車の到着を迎える。

終着駅で待つ君へ。
あと少しで君の会いたかった人が、やって来る。
この再会を胸に、安心して旅立ってほしい。
そして、君の大切な人に生きる力を与えてほしい。
背筋を伸ばせば、目の前で緩やかに『思い出列車』が停車した。

あとがき

『終着駅で待つ君へ』をお読みくださりありがとうございます。

この作品は『無人駅で君を待っている』『旅の終わりに君がいた』に続く、「人生の旅シリーズ」第三弾です。

人生は旅に似ていて、私たちもまた旅人のひとり。

私たちが背負う荷物は、ほとんどが過去のもの。後悔だったり未練だったり、と人それぞれその重さは違うことでしょう。

日常のなかで、自分の気持ちを素直に伝えることは難しい。特に親しい関係では感謝の気持ちどころか、挨拶さえおざなりになってしまうこともあるでしょう。

けれど、ある日突然いなくなってしまう。

失って初めて気づいても遅く、伝えられなかった言葉たちは行き場を失《な》くし、あなたの心に影を落とすでしょう。

あなたの大切な人に自分の想いを伝えてほしい。その願いを胸にこの物語を書きました。

私にも大切な人を亡くした経験があります。

もともと五人家族でしたが、兄、父、姉の順にこの世を去り、今では母と私だけが残っています。

父が亡くなってしばらくしたあと、実家で遺品整理をしました。

私物のなかに同じメーカーの黒い手帳が何冊もあることに気づきました。

なかを開いてみると、そこには几帳面な父らしい文字がぎっしりと書かれてありました。

その日あったこと、思ったこと、やれたこと、やれなかったこと。

日付を辿ってみると、私が生まれた日のことも書いてありました。

名前の候補がいくつも書かれてあり、ひとつの名前に二重丸が強い筆圧でつけられていました。

もっと父と話せばよかった。もっと会いにいけばよかった。

兄や姉にも同じことを思います。

この作品を執筆しながら、何度も家族のことを思い出しました。

みなさんには大切な人がいますか？

その人に自分の想いを伝えられていますか？

この作品を読み、少しでも言葉にする勇気が出たならこんなにうれしいことはありません。


この作品で欠かせないのは天竜浜名湖鉄道です。

私もあてもなく列車に乗り、過去の思い出と向き合うことがあります。

今回は上りの終着駅である掛川駅を舞台に、四人の主人公を描きました。書き終わって思うのは、どの登場人物も私によく似ているということです。

今でも、父や兄姉に許してもらいたい気持ちがあるのでしょう。

ご協力いただきました天竜浜名湖鉄道様に感謝申しあげます。

最後になりますが、本作品を完成に導いてくださった実業之日本社様、編集担当の篠原様に格別のありがとうを贈ります。迷いなくこの物語を描くことができたのは、皆さまの心温まるサポートのおかげです。

また、「人生の旅シリーズ」では、ふすい様が毎回すばらしいカバーイラストを描いてくださっています。今回も、物語の世界観を余すところなく表現してくださりありがとうございます。

デザイン担当の西村様とは、もうどれくらいご一緒したことでしょう。毎回素敵なデザインに心から感謝しております。


ホームに立ち、耳を澄ませてみてください。

レールの軋《きし》む音が聞こえてきたなら、目を閉じて大切な人のことを想う。

速度を落とし停車したのは、あなただけの『思い出列車』。

過去に戻るためではなく、明日も生きていくための再会の旅。

風景を眺めながら過去の思い出と向き合えば、気がつけば終着駅に着いていることでしょう。

あなたとあなたの大切な人が明日も笑っていられますように。

二〇二五年二月　いぬじゅん

本書は書き下ろしです。

本作品はフィクションです。実在の個人、団体とは一切関係ありません。（編集部）

実業之日本社文庫　最新刊

西村京太郎
十津川警部　西武新宿線の死角　新装版

西武新宿線高田馬場駅のホームで若い女性が刺殺。前年の北陸本線の特急サンダーバード脱線転覆事故との交点を十津川と西本刑事が迫る！（解説・山前 譲）

に1 32

火坂雅志
上杉かぶき衆　新装版

天下御免のかぶき者・前田慶次郎や大国実頼、水原親憲など、直江兼続の下で上杉景勝を盛り立てた「もののふ」を描いた「天地人」外伝。（解説・末國善己）

ひ3 2

真梨幸子
4月1日のマイホーム

新築の我が家は事故物件!?　エイプリルフールに引っ越した分譲住宅で死体発見、トラブル続出。土地の因縁かそれとも……中毒性ナンバーワンミステリー！

ま2 2

南 英男
刑事図鑑　逮捕状

政治家の悪事を告発していた人気ニュースキャスターが自宅の浴室で殺された。何者かの脅迫を受けていたらしいが……警視庁捜査一課・加門昌也の執念捜査！

み7 39

実業之日本社文庫　好評既刊

赤川次郎
紙細工の花嫁
女子大生のところに殺人予告の脅迫状が誤配され、中には花嫁をかたどった紙細工の人形が入っていた。本当の宛先を訪れると……。人気ユーモアミステリー！
あ1 28

五十嵐貴久
能面鬼
新歓コンパで、新入生が急性アルコール中毒で死亡する。参加者達は、保身のために死因を偽装する。一年後、一周忌の案内状が届き……。ホラーミステリー！
い3 7

石田　祥
にゃんずトラベラー　かわいい猫には旅をさせよ
京都伏見のいなり寿司屋「招きネコ屋」に預けられた子猫の茶々がなぜか40年前にタイムスリップ⁉　猫仲間、人間との冒険と交流を描く猫好き必読小説。
い21 1

知念実希人
呪いのシンプトム　天久鷹央の推理カルテ
まるで「呪い」が引き起こしたかのような数々の謎を前にして、天才医師・天久鷹央が下した「診断」とは⁉　現役医師が描く医療ミステリー、第18弾！
ち1 108

月村了衛
ビタートラップ
「私はハニートラップ」。公務員の並木は、恋人から突然、告白される。何が真実で、誰を信じればいいのか。恋愛×スパイ小説の極北。（解説・藤田香織）
つ6 1

葉月奏太
癒しの湯　人情女将のおめこぼし
ある日突然、親友が姿を消した——。札幌で働く平田は、友人の行方を追って、函館山の温泉旅館を訪れる。鍵を握るのはやさしい女将。温泉官能の超傑作！
は6 18

実業之日本社文庫　好評既刊

武内 涼
源氏の白旗《しらはた》　落人《おちうど》たちの戦
源義朝、義仲、義経、静御前……源氏が初の武家政権を開く前夜、平家との激闘で繰り広げられる〈敗者〉としての人間ドラマを描く合戦絵巻。（解説・末國善己）
た121

知念実希人
猛毒のプリズン　天久鷹央の事件カルテ
計算機工学の天才、九頭龍零心朗が何者かに襲撃された。断絶された洋館で繰り広げられる殺人劇。容疑者は、まさかの……？　シリーズ10周年記念完全新作！

ち1210

中得一美
おやこしぐれ
諍いが原因で我が子を殺められた母親が、咎人である少年を養子として育てることに――その苦悩の日々を切々と描く、新鋭の書き下ろし人情時代小説。

な73

西村京太郎
十津川警部　特急「しまかぜ」で行く十五歳の伊勢神宮
七十年ぶりに伊勢に帰郷した大学講師の野々村には、終戦の年に起きた、誰にも言えなかった秘密が……。戦争の記憶が殺人を呼び起こす！（解説・山前 譲）
に131

南 英男
密告者　雇われ刑事
スクープ雑誌の記者が殺された事件で、隠れ捜査を依頼された津坂達也。日本中の不動産を買い漁る中国人富裕層を罠に嵌める裏ビジネスの動きを察知するが…。

み737

実業之日本社文庫 い18 5

終着駅《しゅうちゃくえき》で待《ま》つ君《きみ》へ

2025年2月15日　初版第1刷発行

著　者　いぬじゅん

発行者　岩野裕一
発行所　株式会社実業之日本社
〒107-0062　東京都港区南青山 6-6-22 emergence 2
電話 [編集]03(6809)0473 [販売]03(6809)0495
ホームページ　https://www.j-n.co.jp/
DTP　ラッシュ
印刷所　中央精版印刷株式会社
製本所　中央精版印刷株式会社

フォーマットデザイン　鈴木正道(Suzuki Design)

ISBN978-4-408-55931-5（第二文芸）